沢里裕二

処女総理

実業之日本社

実業之日本社文庫

目次

プロローグ

二〇二二年二月十八日
冬季オリンピック北京《ペキン》大会が残すところ二日と迫った、午後三時十七分頃のことだ。

「副総理、緊急事態です。すぐに官邸にお戻りください」

第一秘書の矢崎尚樹《やざきなおき》から電話が入った。

「はぁ？　たったいま地元事務所に入ったばかりなんだけどなぁ」

副総理中林美香《なかばやしみか》は、いかにも不機嫌そうな声で答えた。

都心から二時間はかかる郊外のベッドタウン。

美香は、久しぶりに地元支援者たちとの懇親会に顔を出しにきたところだ。懇親会といっても、時節柄、事務所の会議室でのアルコールは抜きの会だ。

「一時間前に今泉《いまいずみ》総理が亡くなられました。もとより箝口令《かんこうれい》が敷かれています」

矢崎が急に声を潜めた。

驚愕《きょうがく》の一言だった。

「えっ」

いきなり冷や水をかけられた思いだ。

三時間ほど前の閣議で、総理の元気な姿を見たばかりだ。

「どこで？」

美香は、声を潜め、取り巻きの輪の中から抜け出した。

地元の市議や都議、それに後援会の幹部たちが怪訝《けげん》な顔をしているので、美香は、事務所スタッフたちに場を盛り上げるように手ぶりで伝えた。

「Cホテルです。総理は夕方まで休みたいと言っていつもの部屋に入ったのだそうです。詳しくはこちらに来ていただいてから説明いたします。そこは、船本《ふなもと》に任せて、どうか周囲に悟られないように、戻ってください」

矢崎の声が早くなっている。

電話で聞き出すのはこれ以上無理だと、美香にもわかった。

一国のトップが突然いなくなったのだ。これ以上の緊急事態はない。情報漏れなど一切あってはならない。

「官房長官は？」

「ポーカーフェイスで堪《こら》えています。すべては副総理待ちの状況です」

美香はスマホを耳に当てながらこっそり第二秘書の船本に目配《めくば》せした。

船本が近づいてくる。

「ごめん、総理に呼ばれちゃった。代打で出て欲しいところがあるらしいの」

「またですか。総理秘書の伊豆《いず》さん、いつも平気でダブルブッキングして、直前に中林先生にふってくるんだものなぁ」

船本が憤然と言う。

常ならそれもまた副総理の任務である。美香自身はどうとも思っていない。

「さりげなく消えるから、何とか誤魔化して。官邸に戻ったと言って欲しくないの。付き人もいらないわ。車だけ回して」

電話の向こうにいる矢崎にも聞こえるように言った。

何らかの異変を感じた船本が頷《うなず》き、入口付近で待機している女性ＳＰに耳打ちしに行った。ＳＰだけは付けねばならない決まりだ。

「それで、いまは誰が指揮をしているの」

矢崎に聞いた。

「誰も指揮していません。この場合、指揮は副総理が取らねばなりません。総理大臣代理は、中林先生になります」

矢崎がさらに声を潜めて伝えてきた。気の毒と言わんばかりに乾いた声だった。

「あっ」

美香はその場で、ゲロを撒《ま》きそうになった。それが副総理の最大の任務なのだ。

矢崎の背後で、太い声がした。誰かが矢崎をせっついているようだ。

「……官房長官と代わります」

「あっ、はい」

「副総理。全閣僚を招集しますか。それとも先に党三役を呼び込みましょうか」

官房長官、相場宗助《あいばそうすけ》の声だった。今泉の腹心である。

「官房長官、お願いです。指揮を委ねたいのですが」

この内閣での総理代行の序列は第一位が副総理、第二位が官房長官と決めてある。

だが、そんな日が来るとは夢にも思っていなかった。

「承知しました。副総理がこちらにいらっしゃるまで私が引き受けます。ただし、時間稼ぎをするだけですよ。どのぐらいで戻れますか」

「一時間半はかかると思います。こうした場合に取るべき王道でお願いします」

東京都下にある美香の選挙区は、東名高速に入るまでの都道がひどく混雑することで有名だった。いずれ都や国交省と道路拡幅の折衝をするつもりでいる道だ。

「では情報共有は、最低限の関係者にとどめ、御遺体を隠密裏にホテルから公邸に運び出そうと思います」

相場が即座にそう提案してきた。ホテルではまずいということだ。

「お願いします」

美香は、後援者たちに笑顔を振りまきながら、手洗いに行く振りをして、ビルを抜け出した。

副総理専用の公用車レクサスの後部座席に乗り込む。直ちにSPの真木洋子《まきひろこ》が隣の席に座り、扉を閉めた。

真木は美香と同じ三十七歳。警視庁のキャリアだ。管理部門と刑事部門の双方を経て、昨年から警備部警護九課に配属になっている。

副総理担当は二名体制だが、今日は真木だけが同行していた。

レクサスは一年中渋滞している都道をのろのろと進み、三十分ほどでようやく東名高速へと上がった。ここからは空《す》いていた。一気に都心へ向かってひた走る。

とはいえ、制限速度以内だ。

政治家が乗る公用車だからこそ、速度違反は許されない。

美香は、苛立《いらだ》った。

SPの真木のスマホが鳴った。

セキュリティ能力が、民生品とは桁違いな刑事電話《ポリスモード》というやつだ。電話ではなく、ラインのようだった。覗《のぞ》いた真木の顔が蒼《あお》ざめる。

「どうしたの?」

美香は聞いた。真木が運転手にはわからないように、刑事電話の液晶画面を美香の膝の上に移動させた。

【本日一四二七、今泉総理逝去。不審アリ。副総理の警護レベル、レッドへ。川イン、より囲み車輛《しゃりょう》、四車配置】

「副総理、このための帰邸ですね」

真木が低い声で言った。

美香は頷き、不審アリと書かれた文字を指でなぞった。

「これ、どういうこと?」

「私にもわかりません。しかし、数時間前まで元気だった総理が突然逝去されたのですから、警察が不審アリと見立てるのは、当然です」

「そうよね。おかしいわよね……」

美香は混乱する思いを整理しきれずにいた。

川崎《かわさき》インターを越えた瞬間、レクサスの周囲を、マラソンのガードランナーのように黒いワゴン車が囲んだ。

「運転手さん、心配なく。警察車輛です」

真木が伝えた。

全体的に速度が上がった。

ほどなくして見えてきた、首都高用賀《ようが》料金所の上に、黒い雲が張り出してきた。

——この五か月というもの、私の運命、流転し過ぎる。

あんまりだ。

ほんの五か月前まで、中林美香は参議院議員だったのだ。

それも一回生議員である。

それがひょんなことから衆院に鞍替《くらが》えし、あれよあれよという間に副総理の座に持ち上げられてしまった。この話は五か月前からはじめなければならない。

第一章　国会議事堂と一発

1

二〇二一年九月二十六日

「奈良《なら》内閣の支持率がとうとう三十パーセントを切ったぜ。うちの調査では二十八パーセントだ。不支持率は五十パーセントを超えている。結局、東京オリンピック、パラリンピックは、政権浮揚のきっかけにはならなかったということだな。衆院は間もなく任期切れだ。どれだけ支持率が低くても奈良さんは総選挙をやらねばならない」

日東《にっとう》テレビの政治部記者、津川浩平《つがわこうへい》が、参議院側のバルコニーから中央玄関を見下ろしながら、そっと打ちあけてくれた。

現総理の奈良正道《まさみち》は、ちょうど一年前、前総理安藤真太郎《あんどうしんたろう》の突然の辞意を受けて、民自党《みんじとう》総裁選で選出された。

だが、たった一年でその支持率は急落の一途をたどっている。

政権浮揚のタイミングを見失い、まさに追い込まれ解散の状況だ。しょっぱすぎる。

「オリンピック、パラリンピックでのアスリートの爽やかな活躍が、逆に政権の薄汚さを際立たせてしまったのかも知れないわね。政党支持率の方はどんな具合？」

民自党参議院議員、中林美香は、腕を組みながら聞き直した。

人気《ひとけ》のない中央広間には、尖塔《せんとう》から秋の夕陽《ゆうひ》が垂れこめていた。正面玄関はぴたりと閉じられている。

国会議事堂の正面玄関だが、通常、議員がここから出入りをすることはない。美香もこの玄関から入ったのは、五年前の初登院のときだけだ。

日頃は真裏にある議員専用の通用門からである。

中央玄関広間は吹き抜けである。

美香と津川は、三階のバルコニーから広間を眺めながら政局分析をしていた。

この広間には、憲政史上有名な三人の政治家の立像が設置されている。

「民自党は二十七パーセント」

津川がスマホを取り出し、調査の生データを見せてくれた。

性別、年代別、職業別に、総理と与党民自党を支持するか否かの回答結果が円グラフで表されていた。

これはかなりやばい。

前総理時代には支持していた二十代、三十代の男女が、はっきりと離反し始めている。

五十歳以上は、元来リベラル支持層が多いので、こちらが民自党に寝返る可能性は極めて低い。

「かなり危険な水域に入ったわね。内閣支持率と政権与党第一党の支持率を足して五十を切ると、その内閣は退陣に追い込まれるという説もあるわ」

美香は、バルコニーから大隈重信《おおくましげのぶ》の立像を見下ろしながら呟《つぶや》いた。

母校の創設者でもある。

学生時代、キャンパスの中央に建つ銅像をよく見上げていたものだが、まさか職場でも、大隈さんの立像に出会うとは思ってもいなかった。

大隈重信、たいしたもんだ。

他に板垣退助《いたがきたいすけ》と伊藤博文《いとうひろぶみ》の立像があった。

そして三人の立像の他に、台座だけしかないものがもうひとつある。

通説では『政治は未完』であるという意味らしいが、四人目を誰にするかで揉《も》めて、結局決められなかったという説も根強い。

「五十を切ると政権が持たないというのは『青木《あおき》方程式』だろ。それこそ科学的根拠がほとんどない説だぜ」

津川が苦笑しながら、くるりと中央広間に背を向けた。

青木方程式、かつて参議院のドンと呼ばれた青木幹雄《みきお》が唱えた説だ。

元になっているのは、二十年前の森《もり》政権末期の支持率とされる。

ポイントの合計が四十七になり、森内閣は崩壊したのだが、津川が言うように、エビデンスはない。

政界の寝業師とされた青木の独特の勘であり、以来政権に引導を渡すための小道具とも揶揄《やゆ》されている。

「ただし、この数字を見る限り、民意は現政権にノーと言っていると思う」

美香は、ロングヘアを掻《か》き揚げながら言った。

大隈重信から伊藤博文の銅像へと視線を移す。

――伊藤博文ってスケベそうな顔だ。

と美香は、津川には悟られないように胸底で呟いた。

「いや、そうとも限らない。民意はまだ明確な態度を示していない」

津川が、スマホをタップし次の画面を見せてくれた。

「あらら、立共党《りっきょうとう》は十パーセントしかないのね」

「そう。『次期総理候補に良いと思う人』もバラバラだ。俳優の加村拓也《かむらたくや》が三位って、おかしすぎるだろう」

「国民のほとんどが、政治に無関心になってしまったということよね」

美香は肩を竦《すく》めた。

「それにしても奈良総理は解散を引っ張りすぎた。昨年、総理の座についた直後に、総選挙に打って出たら、多分、ほんのわずか議席を減らしたぐらいですんでいただろう。そしたら、追い込まれずにすんだ」

津川が、美香の横顔を凝視しながら言っている。

この男に見つめられると、ちょっと弱い。

軽い恋心と性欲を掻き立てられるのだ。

美香も五年前までは、日東テレビの政治部記者であり津川とは同期であった。それも大隈重信が創設した大学からの顔見知りである。同じ法学部の出身だ。

「衆院の先生方、血相を変えて走り回っているわね」

美香は中央広間の向こう側を見やった。

向こうは衆議院である。

いまは閉会中とあって静まり返っていた。

「そりゃそうだよ。内閣も民自党もこんな低い支持率の中で、追い込まれ解散になるんだ。かなりの大物議員でも、負ける可能性はある」

津川がきっぱり言った。

「野党の支持が高いというわけでもないのにね」

美香は、唇を舐《な》めた。いやらしい気分からではない。空気が乾燥しているのだ。

「中林さん。議員になって感度が鈍くなったんじゃないか？　記者だった頃の感性で有権者の心理を読めよ。一介の記者が、議員先生にこんな言い方はしたくないが……」

津川の声が尖《とが》った。

美香は唇を噛《か》んだ。津川の言う通りだ。いつの間にか党にとって都合の良い思考をする癖がついていた。

「有権者は、なによりも奈良総理と民自党にお灸《きゅう》を据えたいわけよね」

美香は答えた。

「そういうことさ」

決して野党第一党の立共党に政権を取らせたいと思っているわけではない。九年前のリベラル政権のほうがよかったとも、国民は思っていない。

だが、いまの民自党にはノーなのだ。

理由はいろいろある。

第一にコロナ対策がすべて裏目に出た。政府は、経済と感染対策の両立を目指し過ぎたのだ。

結果として『二兎《にと》を追う者は一兎をも得ず』の諺《ことわざ》通りになってしまった。

東京オリンピック・パラリンピックの開催も、反転攻勢の材料にはならなかった。

そしてそうなった理由もいろいろある。

「安藤前総理の政策を継承したということでしょう」

美香はぽつりと言った。

「安藤さんには、いわゆる岩盤支持層というのがあったんだ。保守と新自由主義の具現者として、賛否はあるものの根強い人気があった」

「それを支えていたのが奈良さんでしょう」

「同じ政策でも、安藤さんがやれば国益のために見え、奈良さんがやると単なる利権誘導者に見える。ハッタリの嚙ませ方が違うのさ」

「安藤さんには国家観みたいなものが、確かにあった」

「政治は芝居だよ。演技が上手《うま》いか下手《へた》かも能力のひとつだ。それも壮大な演目の方が受ける。そして俺たち記者も騙《だま》されるぐらいの演者じゃないと、総理は務まらない。奈良さんは、実務型だが演技が出来ない。だから、感動が生まれない」

「記者の視点だわ。政治はドラマじゃないし」

美香は、今度は板垣退助を眺めた。

大隈同様、厳《いか》めしい。

セクシーではない。

大隈、伊藤、板垣で、一番女好きなのは伊藤だったという伝聞が残っている。立像からも、その雰囲気は伝わってくるから不思議だ。

伊藤博文の眼はエッチだ。

「まぁ、いいさ。中林だって来年は改選だろう。知名度からいって、次回もトップ当選だろう」

津川の言い方は、ちょっと皮肉っぽい感じだ。

美香は初当選から五年が過ぎていた。東京選挙区である。一回目はトップ当選を果たしている。

その理由は、日東テレビ時代、前総理の番記者として、報道番組でレポーターや解説者として出演していたからに他ならない。

知名度がモノを言ったのは確かである。

政界の転向を強く勧めてくれたのも、前総理、安藤真太郎に他ならない。派閥も安藤派である。

報道記者だったことから、トーク番組や討論会にはよく呼ばれる。そのことも、また知名度アップに繋《つな》がっていた。

そしていよいよ来年が改選期に当たる。

「私は、タレント議員というわけではないわ」

美香は少しだけ声を尖らせた。

参議院には、アイドル出身、女優出身、アスリート出身などもともと知名度があった議員が多く存在する。

衆議院議員よりも選挙区範囲が広く、利権においても衆議院議員ほど地元密着型ではないために、特定業界や団体の代表者やイメージ優先型の候補者が多く集められる。

もっとも、参議院議員は同じ国会議員なのに、衆議院議員よりも格下に見られがちである。

実際、議員としても格下感は否めないのだが——特に比例候補は。

ふたつ理由がある。

まず参議院は、衆議院の決定した法案を単独で覆すことは出来ない。

そして、総理大臣は、実質衆議院議員しかなれない。

充分、格下である。

参議院側の政党控室の方から、カツカツカツとハイヒールで床を刻む音が聞こえてきた。

「あらまぁ、中林先生、記者さんから情報収集かしら。いいわね。政策秘書以外にもアドバイザーがいて」

振り向くと、立共党の名物女議員、切田蓮子《きりたれんこ》だった。ベージュの襟が立った高級ブランドのスーツを着て、数人の秘書を引きつれている。

モデル出身。

当選三回の八年目の議員だが、キャリア以上に、そのヒステリックな質問で注目を浴びることが多い。

キレやすいので、民自党側は『キレタ連子』と揶揄している。

年齢は美香よりも五歳上の四十二歳。

東京選挙区を地盤にしている。

美香のような比例候補ではなく、自分の名前で選挙を通っており、しかも三回連続でトップ当選を果たしていた。

記者時代そのままに黒のスカートスーツばかり着ている美香とは、比べ物にならない華やかさを纏《まと》った女政治家だ。

「これはこれは、切田先生。衆院選が近いとあって。応援スケジュールの調整が大変でしょうね」

　美香はやり返した。

「あーら、中林先生こそ、引っ張りだこでしょうよ。今回は、奈良総理や安藤派の閣僚たちも、スキャンダルや不人気から応援に出にくい。清廉な中林先生や、女番長の加原洋子《かはらようこ》先生あたりがフル稼働になるんじゃないの」

　切田はそういうと、階段を降りて行った。相変わらずハイヒールの音が高らかだ。こちらの手の内を読んでいる。

　加原洋子は、同じ参院で活躍する元女優だ。ドスの利いた声と、バイオレンス映画に多く出演していたことから、参院の女番長と呼ばれている。

　政界と芸能界のパイプ役のひとりで、芸能界からの新人議員スカウトには、欠かせない存在になっている。

　国会の中での仕事よりも、応援演説やテレビ出演などの外回りの党務の方が忙しい議員だ。

「実際、中林にも応援要請が多いんじゃないか？」

　津川が、声を潜めて聞いてきた。

「加原さんの方が多いわよ。奈良総理としては同じ神奈川選出だし、頼みやすいんだと思う。党本部から私にも多少は依頼があるけれど……」

美香は素直に答えた。

かつての同僚とはいえ、マスコミの人間に、選挙対策の情報を漏らすのは、本来危険だ。ただし、美香は津川に関しては信頼していた。津川は、記者としてではなく、あくまでも友人として接してくれるからだ。

「今回に関しては、応援にあまり積極的にかかわらない方がいいと思う。誰の応援をするのかわからないが、民自党にとってはかなり厳しい闘いになる。街頭でも罵声を浴びせられることになるぞ。これは記者としてではなく、友人としてのアドバイスだ」

「承知しているわ。でも、それは比例名簿上位の議員としては避けて通れない任務だわ」

次の自分の選挙も、党のネームバリューで闘うことになる。確実に当選するためには、前回同様、順位を厚遇してもらわねばならない。

そのためには、党への貢献度がモノを言う。

自分の知名度で、貢献できるなら、惜しんではいられない。

「俺は、二度目の選挙を潜《くぐ》るまでは、民自党の中でも中立的立場がいいと思っている。いまのジャーナリスト的な中林のスタンスを崩さない方がいいと思うんだがな。それに『承知している』とか役人言葉はあまり使わない方がいい。手慣れた政治家の匂いがして新鮮さが薄れる」

津川が真剣な眼で言っている。

「そのアドバイスは、真摯に受け止めたいと思います」

言って、これこそ役人の答弁だと、思わず苦笑いした。

「中林先生、そろそろ党本部へ」

秘書の川村由紀奈《かわむらゆきな》が、ポニーテールを揺らしながら小走りでやってきた。二十七歳の私設秘書だ。政治塾に通いながら、美香の秘書を務めている。

「はい、行きます」

「いよいよ、解散だな。応援地区の割り振りだろう」

津川の眼が記者のものに戻った。

「どうかしら」

「応援地区が決まったら、ひとつぐらい教えてくれ。俺が直接取材に行く」

「津川さん、参議院担当でしょう」

「だから参議院議員を追うだけさ。総選挙の取材チームとは別口だ」

「あのね。私も日東テレビの記者だったから、わかっているのよ。報道部はそうやってあらゆる方向から情報を集めるわけでしょう。特に積極的に応援議員を入れる地区ほど、危ないって見込むわけよね」

選挙取材は各局総力戦である。

他局よりも早く当確を打てるかは、すべて事前取材とその分析結果によると言われている。

党の選挙本部よりも、マスコミのほうが正確な情報を握っているのは、その機動力と、客観性からだ。

党や議員個々の選挙対策本部には、どうしても自分たちに都合の良い情報ばかりが寄せられる。秘書も後援会幹部も議員の機嫌をそこねたくないからだ。それが票読みに狂いを生じさせるわけだ。その癖《くせ》、後援者たちは落選するとほとんど顔を見せなくなるものだ。

だから、議員も選挙が近づくと、記者たちに逆質問をするようになるのだ。記者も恩を売るいい機会になる。

「わかっているなら、聞くな」

津川が肩を竦めた。これも持ちつ持たれつだ。

「近々連絡するわ」

美香はそれだけ言って、秘書の方へと向かった。

政局の秋だ。

2

永田町《ながたちょう》、官邸に近い民自党本部。

三階の役員用応接室には、窓から低い日差しが垂れこめていた。

「こういう斜陽というのどうも好きになれんなぁ。なぁ中林先生」

その橙《だいだい》色の日差しに顔の半面を照らされながら、選挙対策委員長の塩見幸太郎《しおみこうたろう》が、じっと美香の膝頭辺りを覗き込んできた。残りの半面は黒い影に覆われている。

「はい。ですが、落ち着いた気持ちにさせてくれることもあります」

美香はぴたりと左右の膝頭をくっつけた。

黄昏《たそがれ》の光が、太腿《ふともも》の奥にまで忍び込んできているのだ。股座《またぐら》が小さな音を上げた。

太腿をくっつけすぎて女の大事な肉芽を刺激をしてしまったようだ。

衝撃で背筋が伸びる。

恥ずかしさで、唇が乾いた。

「中林先生にぜひお願いしたい地区がある」

銀髪をオールバックにした塩見が、太鼓腹を撫《な》でながら一旦視線を美香の背後の額縁に向けた。五十年以上前から飾られている国会議事堂を描いた油絵だ。

美香が、さらに太腿をぎゅうぎゅうとくっつけた。

塩見は、油断ならないのだ。

一瞬、視線を外したように見せかけ、隙あらば、すぐに股間を覗いてくる。そういうおっさんだ。

一重瞼《まぶた》のキツネのような眼が、いつ股間を覗き込んでくるかわからない。

総じて民自党内の各応接室のソファの座高は低い。年季の入った古いソファが多いせいだが、脚の長い女性議員が座ると膝が高く上がってしまうのだ。

気が緩むと、三角地帯が丸見えになる。

「はい、塩見先生の命とあらば、どこへでも飛んでいきます」

美香はスカートの裾に手を置き、膝を隠すようにして答えた。

「東京二十六区をお願いしたい」

「金田市《かねだ》……」

美香はため息をついた。

これは、津川が予想した以上に面倒くさいことになった。

金田市選出の玉川昭雄《たまがわあきお》が台場《だいば》のカジノ誘致に関して、賄賂を受け取っていたという疑いで逮捕されたばかりなのだ。それも先週のことだ。

しかも貰《もら》った相手が上海《シャンハイ》のカジノ運営会社だというので、本来は玉川の岩盤支持層である保守層の反発を招いている。

ややこしい選挙区だ。

「そう、幹事長と相談してぜひ、中林先生にお願いしたい」

「玉川先生は予定通り出馬なさるのですね」

美香は確認した。

逮捕されても裁判で有罪が確定しない限り、犯罪者とは言えない。現役国会議員である限り続投を表明をするのは当然だ。いや、むしろ出馬を表明しなければ、疑惑を認めたことになる。

ただし、その応援となるとかなり微妙だ。

疑惑を否定し、玉川昭雄を賛美せねばならない。

「出馬する。ただし、党として公認はせんよ」

塩見の視線が、美香の眼に向けられた。口辺は上がっていたが、その眼は笑っていない。

「公認はしないのに、私が応援に行くのですか？」

美香も眼を尖らせた。いいように使われたのではかなわない。

「誰が玉川君を応援してくれと言った」

塩見が憮然《ぶぜん》とした表情になった。

ポケットからタブレット菓子のケースを取り出し、掌《てのひら》の上で振った。五粒ほど落ちてくる。大きく開けた口に放り込んだ。

口臭止めと、喫煙抑制の両方に効果があるのだそうだ。議員に愛煙家は多いが、それでも党本部や議員会館で堂々と吸う者は少なくなった。

「失礼しました。新人が立つのですね」

美香は、軽く頭を下げた。きつく閉じていた膝が緩む。塩見の視線が一気にその狭間《はざま》に割り込んできた。

「中林先生に鞍替えしていただく」

「はい？」

あまりの驚きに、膝がガバッと開いた。

「うーん。先生は赤か。これは意外だ。イメージとしては純白なんだがな。赤はいかんよ。赤は他党のシンボルカラーだ」

塩見がスケベそうな笑みを浮かべた。初めて眼も笑っていた。

「見ないでください！」

両脚を斜めに倒し、きっちり閉めた。

「人聞きの悪いことを言わんでくれ。見たんじゃない。見えたんだ。盗み見したのではないので、正直に見たままを伝えている」

さすがは閣僚経験者だ。答弁慣れしている。

「承知しました。ご不快なものをお見せして恐縮です」

美香は早口でまくし立てた。

「いや、不快ではない。快であった」

今度は堂々と、股間に視線を当ててくる。一歩譲ると、さらに奥へと踏み込んでくるのが百戦錬磨の政治家たちである。

「お話を元に戻してください。私が衆院へ鞍替えとは、唐突過ぎませんか」

本当は怒鳴りたいところを、美香は努めて冷静に聞いた。

政界に入って、自然と体得したことがある。

政治は、芝居の上手いほうが勝つ。腹を読まれた方が必ず負ける。

「二十六区に関して、党として意思表示をする必要がある」

「いかに玉川先生が無罪を主張しても、新人を擁立して、一線を画すということですね」

「さよう」

「戦略はわかりますが、その新人候補がなぜ私なのでしょうか？　衆院の先生方、特に比例単独から小選挙区に移りたい先生方は大勢いるはずですが」

美香は首を捻《ひね》ってみせた。

「必ず勝てる候補でなくてはならない。玉川君の地元を荒らすのもよしとしない」

ほう。

地元を食い荒らすのをよしとしない……。

なるほど塩見が言いたいことは、おおよそ見当がついた。

勾留中であれ、玉川が出馬する以上、後援会は地元の票を固めてくる。これを同じ民自党の他候補が横取りに行くということでは、票が割れるだけだ。

万が一にでも玉川が無罪になれば、復党を認めねばなるまい。そのとき今回立てた候補者の立場はどうなる？

民自党のような巨大政党では、よく起こる公認問題だが、幹事長や選対委員長としては悩ましいところだ。

「私に空中戦をやれと？」

美香はあえて、お茶目な表情で聞いた。

空中戦。つまり地元を細かく歩く地上戦ではなく、イメージだけで一気に勝負をつけてしまう戦法だ。

最初から知名度のある候補を立てる。地元の利益誘導は勝ってからのこととし、とにかく、ネームバリューだけで、差をつけてしまうおうというのだ。

「空中戦で勝てる候補はそうそういない」

「芸能界やスポーツ界、キャスターなどいくらでもいそうじゃないですか。塩見先生もそれなりに掌中に温めている人がいるのではないかと推察しますが」

美香は、塩見の腹を探りに出た。

何故、自分に白羽の矢が立ったのか知りたい。

「政界経験者がいい。いくら知名度があっても、政治の素人であれば、そこを突かれる。党の事情もわかってくれている方でないと」

塩見は眼を合わせずに言った。股間はあきらめたのか、視線は美香のバストとヒップを行ったり来たりしている。

嫌悪すべき、舐めまわすような見かたである。

「私、なんだか都合のいい女にされている感じですね」

皮肉を言った。

本音は断りたい。

だが、それを口にするには覚悟がいる。下手をすれば、来年の参院選で選挙区への鞍替えを要求されるかもしれない。しかも野党の党首などが出る、勝てそうにない選挙区への鞍替えだ。

「二十六区に、女性タレントが出るという噂《うわさ》が聞こえてきた。東京一番党が推薦するということだ」

塩見の顔が曇った。

「えっ？」

それは確かに議席を奪われる可能性がある。

美香の脳裏に選挙上手で知られる古手川涼子《こてがわりょうこ》都知事の顔が浮かんだ。

あの美魔女の知事に七月の都議選では、民自党は煮え湯を飲まされたのだ。

楽勝と余裕をこきすぎた民自党東京都連にも非はあるが、すでにブームは去ったと思われた東京一番党が大きく議席を割らずに、勢力を保った裏には、古手川知事の巧妙な戦術があった。

それは告示直前に知事が過労で倒れるというまさかのパフォーマンスだ。捨て身の『狸《たぬき》寝入り作戦』。これで一気に東京一番党への同情票が集まった。

古手川の打った大芝居にしてやられたのだ。

「それは怖いですね。古手川さんは、どんな揺さぶりをかけてくるかわかりませんから。ただし、四年前に国政進出を画策して失敗して以来、国政とは距離を取っているはずでは」

いかに都議選で踏みとどまったとはいえ、二位でも当選できる選挙区のある都議選と一位しか国会へ進めない小選挙区の衆議院選では、闘い方が違い過ぎる。

古手川は四年前にその地盤の強さを充分思い知らされたはずである。

「いやいや、古手川は平気で大博打《ばくち》を打ってくる。敵ながらあの度胸はあっぱれだよ。それと国民の空気を読むのに長《た》けている。おそらく、二十六区は、スキャンダル議員が相手だから、奪えると踏んでいるのだろう。ぶつけてくるのは清新なイメージの女性。タレントとか文化人。そのへんだろう。これに対抗できる候補《タマ》となると、中林先生しかいなくなる。メディア的知名度もあり、プロの政治家。そして女性。東京一番党の気勢を削《そ》ぐには、そうした要素が必要になる。幹部会でもそういう決定になった」

塩見が腕を組み、ふん反りかえった。

雲が切れたのか、塩見の顔に、突然強い日差しが当たった。脂ぎった顔が橙色に染まりだした。

「決定、ですか」

美香も、ソファに背を落とした。つられて膝が離れる。パンツが見えているだろうが、この際どうでもいい。

「決定だ」

万事休す、だ。

「派閥《ハラ》との合意も取れているのでしょうか?」

時間稼ぎに最後の抵抗を試みる。せめて勝算について頭を整理する時間が欲しかった。政治は時の勢いというが、ムードだけで決めてしまうにはことは重大過ぎる。

「安藤前総理は、本人がＯＫであればということで了承している」

塩見が乾いた声で言う。

将棋で言えば、詰みだ。

「もはやお断りできる状況にないということですね」

「いや、断るという議員はいないと思うのだが」

塩見が鱈子《たらこ》のような唇を舐めながら言う。

確かにそうだろう。

いえ、と言い返そうとして、美香は言葉を呑《の》んだ。

自分は、任期が長く、改選時期も定まっている参院議員として、じっくりと政策を揉みたかったが、いまそれを言い出しても不毛だ。

「承知しました。すぐに準備に入ります。どなたか参謀を推薦していただけませんか。二十六区に関してまったく知識がありません。それと比例と重複で立てるのですね。保険はかけておきたいです」

美香は背筋を伸ばし、膝も立てた。太腿の隙間から真赤なパンツが見えているはずだ。塩見の視線がそこに釘《くぎ》付けになった。

「地元固めには、安藤派と塩見派の都議をフル稼働させるが、空中戦だから、秋元《あきもと》さんがいいだろう。彼を党費で雇う。比例と重複は当然だ。玉川君は無所属で立つので重複は出来ん。だから、あんたが議員の職業を失うことはない」

塩見が膝を叩《たた》いた。

保険はかけてくれるということだ。

ただし、それも東京一番党が候補を送り込んでくるとなると手ごわい。

党名では東京一番党と書く有権者が多いのではないか。

そして選挙参謀は秋元祐《ゆう》か。

大手広告代理店『雷通《らいつう》』出身の選挙プランナーだ。

大衆受けをするテーマを掲げ、イメージだけで票をかき集めるのを得意とする男だ。現在は『ATY』というプロデュース集団を率いているが、選挙プランナーであると同時にロビイストでもある。

自分が当選させた議員とは当然懇意な関係になるので、様々な業界からの陳情を取り次ぐ立場になれる。

なかなかうまいビジネスだ。

ただし、選挙をショーと考える姿勢があまり好きになれない。

選挙はショーの要素もあるが、決してエンターテインメントではない。国民の生活を背負った真剣勝負である。むしろ格闘技だと、美香は考えていた。

「わかりました。もろもろお世話になります。解散まで、どのぐらい時間がありますか」

美香はすっと立ち上がった。

「ここまで来てしまったんだ。奈良さんは任期ぎりぎりまで引っ張る気だ。つまり満了日解散だ」

塩見が、美香の太腿を舐めるように見ていた。

総理の専権事項である解散権を一度もつかわず、満了日の十月二十一日まで、引っ張るということだ。

「総理も考えましたね」

本当は総理の自己都合ですね、と言いたかったが、敵をつくるだけなのでやめた。

塩見も幹事長の西山義昭《にしやまよしあき》も、奈良総理に近い。奈良を支えているという強い自負がある。

「そう、負けたら当然、総裁辞任要求が沸き上がる。だから、総理は一日でも解散を遅くした方が、反転攻勢のチャンスがあると見ている。奈良さんは、安藤前総理が何度も低下した支持率を回復させた状況を目の当たりにしている。自分もそうなれると信じているのさ」

総理と盟友であるはずの塩見も半ば匙《さじ》を投げているようだ。

安藤前総理が支持率低下に陥っても跳ね返せたのは、日東テレビの津川の分析通り、保守層、とりわけ愛国主義者に近い熱狂的な支持者たちがいたからだ。同時に右派マスコミの強力な援護もあった。

国家観を明確にしていることで、常に賛否両論のある総理であったが、この十年、傾向として日本は保守に寄っていた。その前の三年間にわたるリベラル政権に、国民は失望していたからだ。

だが、今度は逆の立場に立っている。民意は移ろいやすく、生活の状況によって支持を変える。

経済が回らなくなると保守を支持し、災害や疫病、差別という問題がクローズアップされるとリベラルを支持する傾向にある。

これはアメリカやイギリスでも傾向は似ている。

違うのは、米英には交代可能な二大政党があり、日本は民自党かその他の選択しかないということだ。

「しかし、どうあっても、今回は民自党は負けますね。党幹部は、その負け幅をどこまでなら合格ラインと見ているのですか？」

美香はざっくり聞いた。

本来、当選一回の議員が党幹部に気安く出来る質問ではない。幹部自身が様々な観測気球をあげて、世間やマスコミの気配を嗅ぎ取り、党内世論を収斂《しゅうれん》させていくのが選挙の勝敗ラインというものだ。

美香は元テレビ局の記者の感覚で聞いた。記者経験があるとこうした度胸はつく。

「単独過半数で、合格だよ。友党《ゆうとう》の光生党《こうせいとう》と合わせて安定多数となったら、奈良さんは続行するつもりだ。年内に、希望する国民全員のワクチン接種をすませ、重症者を激減させせられると、経済を動かせる。そうすればまた奈良一強の時代をつくれるかも知れんからな」

塩見は自信に満ちた言い方をしたが、これはずいぶん消極的な見方だ。

民自党の現有議席は二百七十六。圧倒的多数だ。

連立与光生党の二十九議席と合わせると三百五議席となり、衆院の三分の二を制していることになる。

それをいま、塩見は過半数の二百三十三を取ればよしとしている。ひょっとしたらそれを割り込む可能性もあるということだ。

これはただ事ではない。

美香はピンときた。

「東京一番党は二十六区だけじゃなく、全国展開してくるんですね」

「まだ全く発表されていないが、古手川は見た目以上にタヌキだ。動きが静かなほど危ない」

塩見がまた唇を舐めた。気持ちが高ぶっているときの癖だ。

事実、東京一番党の創業者である古手川涼子は、オリンピックが開会する直前あたりから、政局に関わる発言は控えている。年の初めには、緊急事態宣言の発出をめぐり、激しく政府と対立をしてみせたが、パラリンピックの終わったいまも、コロナ対策に専念しているかのように見える。

確かに不気味だ。女性初の総理に最も近いところにいるといわれる政治家だ。現在は都知事だが、かつては民自党衆議院議員として、閣僚も務めている。民自党の内部にも精通しているはずだ。

手ごわい。

「了解しました。二十六区は全力で守ります」

解散は十月二十一日ということだ。そこから選挙戦が始まる。一か月も準備期間は残っていない。

さて、どうしたものか。

「頼んだぞ」

塩見も立ち上がった。黒にチョークストライプのスーツパンツの股間が盛り上がっていた。

――何を発情しているんだ、このおっさん。

美香は胸底で毒づいた。

「中林先生、重ねて言いますが、赤いパンツはやめなさい。赤旗みたいだ。ちなみに緑のパンツもよろしくない。東京一番党のシンボルカラーだ。やはりパンツは純白がいい……いや、これは選挙戦略の話だ……」

セクハラではないと言いたいらしい。

とんでもないエロ発言だが、永田町にはこんな政治家がゴロゴロいる。

「白旗みたいでいやですね」

それだけ言って、美香は応接室を後にした。勝負パンツはピンクに決まっている。

3

「先生お帰りなさい」

参議院議員会館八階の自室に戻るとスケジュールと身の回り担当の川村由紀奈だけが、デスクにいた。パソコンでスケジュールチェックをしている。

「みんな出払っているのね。矢崎さんは？」

美香はジャケットを脱ぎながら聞いた。矢崎尚樹は、公設第一秘書だ。秘書歴二十年で永田町では中堅である。

関係省庁への働きかけや他議員との懇親、打ち合わせの段取りなどは、矢崎が担当している。

他に公設は第二秘書と政策秘書がいる。

第二秘書の船本和真《かずま》は、選挙対策と陳情を捌《さば》くのがメイン。

政策担当秘書は尾平則行《おだいらのりゆき》。主に文化政策に長けているので採用した。

議員会館の部屋は百平方メートルあり、秘書たちの事務室と議員執務室。それにおよそ十人が座れる会議室とに分かれている。美香の事務所は公設三名、私設三名の体制を組んでいた。

「矢崎さんは、撮影所設立の件で、文化庁に出向いています」

「いまの長官がいる間が、チャンスだわ。ぜひ予算を獲得して欲しい」

美香は、自分の政策課題として『国立映画撮影所』の設立を掲げている。

テレビ局勤務時代に、ドラマプロデューサーや映画制作関係者と酒席を共にしたことが何度かある。

そのとき感じたのが、国内のテレビ局や映画会社の体力では、現在の撮影所を維持するのが精一杯で、とてもハリウッドや中国の映画産業には設備面で打ち勝てないということだ。

アニメでは世界一でも実写では勝てない。

そこで美香は、国が巨大で最新設備を備えた撮影所を設立し、民間映画会社やテレビ局が安価で自由に使用出来る仕組みを模索している。

スポーツ施設に比べて、国はエンターテインメント施設に加担しなさすぎると思うのだ。

また、映画人やクリエイターの中には『創作の自由』の立場から、国とは一線を画すべきで、恩を受けるべきではないと主張する一派もある。

美香は調整を図りながら『国立映画撮影所』の設立を目指している。

まずは文化庁の理解が必要なので、何度となく陳情をしている。

国有地の払い下げと、設立予算の確保である。

超党派で作る『芸能文化推進議員連盟』の副理事にも就任しているので、その関係からも議員立法の方法を模索している。

先頃、文化庁長官に芸能界を代表するような作曲家が就任した。

過去に作家がふたり長官に就任しているが、今回の長官が最も通俗的な芸能である娯楽映画にも精通していると思われる。

文科省の官僚や学者ではない長官なら、理解を示す可能性があった。

矢崎は、このところ頻繁に文化庁に出向きロビー活動を行っている。矢崎の役人に対する工作が徐々に熟し始めている。

そろそろ自分の出番かもしれないと、思っていた矢先だ。

いったんは、衆議院選に向けて精力を傾けなければならない。

「明日朝七時に、矢崎さん、船本さん、尾平さんを集めてください。政策会議をします」

「わかりました。招集をかけておきます。先生、応援地区が決まったのですね。公用車の手配などがありますから、私にも早めに日程を教えてください」

出紀奈が十月のスケジュール表をアップさせながら言っている。

国会議員は、公務における移動に関して公用車の使用を認められているが、保有台数は、衆院が百三十三台。参院が九十七台だ。

各政党に議員数に応じて分配されているが、専用に出来るのは正副議長や各委員会の委員長だけであって、そのほかの議員は先着順となるため奪い合いになる。

公用車の獲得は、実は担当秘書の腕の見せ所なのである。

川村由紀奈は、どういうわけか、予約を取るのがうまい。

「うん、確定したらね。地区は決まったけれどいまは言えないから」

「わかりました。私、他の議員の秘書さんたちとも連係していますから、必ずどうにかします。五人ぐらいの配車担当秘書の間で、融通しあっているんです」

なるほど、これにも派閥があるということだ。

「頼むわ」

と言いつつ、胸の中では、それより選挙カーの手配を党に頼まねば、とため息をついていた。

「先生、私、ちょっと郵便出してきますが、いいですか。来客予定はありません」

由紀奈が大型トートバッグに大量の封筒やはがきを詰め込んでいた。メールやラインが主流のこの時代にあっても、国会議員は郵便物を扱っている。

多くは後援会や業界団体へのＤＭだ。他に、同じ党の他議員の主催するパーティや懇談会への出欠通知も多い。

さらには、各役所への調査依頼、資料提供依頼なども文書で申し込むことが多い。そのため、議員には報酬の他に文書通信費、交通費、滞在費を含めて月百万円が支給されている。

「どうぞ。私、ちょっと考え事をする。誰か来たら面倒くさいから、鍵を閉めて出てくれる」

「わかりました。二十分ぐらいで戻ります。コンビニにも寄りますが、なにか必要なものありますか？」

「雑誌、面白そうなのがあったらお願い。あなたに任せるわ」

「了解しました」

由紀奈が出かけて行った。

人気のなくなった部屋で、美香は自分の執務室へと入った。

議員会館は十二階建てだ。そこに定員二百四十五名の議員の事務所が入っている。

美香の部屋は八階。執務席に座り、椅子をくるりと回転させた。

ガラス窓からは、衆議院第二会館が見える。その向こうが第一会館、官邸と続いている。

角部屋なので、窓の端に国会議事堂が見えた。

ついさっき、伊藤博文の立像にちょっと発情したことを思い出す。

普通、ありえないことだろう。

選挙対策委員長の塩見幸太郎に赤い下着を見られて、実は肉芽が疼《うず》いたとは、誰にも言えまい。

塩見の股間のふくらみにドキリとさせられたのだ。

赤い下着をつけているのには、それなりの理由がある。

――セクシーな女に思われたい。

誇張したいのだ。

何故か？

――私、処女なのだ。

それこそ誰も信じてくれないだろう。

男のシンボルさえ、生身では見たことがない。

だから、伊藤博文の立像にでも、塩見幸太郎のような、世間的にはセクハラオヤジの部類に入る男の男根にでも興味を抱いてしまう。

別に女好きではない。

ノーマルだ。

好きなタイプの男を思うと発情もする。

特に大学から日東テレビまで一緒だった津川浩平とは、心底やりたいと思っている。けれども相手はまったくその気がない。

これまで、貫通されるチャンスがなかったかと言えば、本当になかった。

酒は強く、学生時代から若手社員だった頃まで宴席で潰れることがなかったのが、敗因かもしれない。

あれよあれよと言う間に三十路《みそじ》を超えると、周囲は逞《たくま》しい政治記者とみるようになった。総理担当になるとなおさらだった。

酒席を断らない女と評判になったが、誰も手を出してこなくなった。

五年前、前総理、安藤真太郎に料亭に呼び出され、参院選への出馬を要請されたときに、これは、やるものだ、と思った。

初貫通をしてくれるのが、現役の総理大臣というのは、この際、待った甲斐《かい》があったのではないかなどと考えた。

その場で出馬を決心すると、安藤は上機嫌で引き揚げて行ってしまった。後で知ったことだが、実際愛妻家なのだ。

悪名の高い夫人であったが、安藤との仲は非常にいい。

記者の眼、政治家の視点から見ても、安藤は金と女には、実にきれいな政治家だった。

ただ強権的な超保守主義の政治家だったために、周囲が勝手に忖度《そんたく》してしまったきらいはある。取り巻きを優遇し過ぎたことも、問題があった。

それにつけても外交のセンスは、見事だったと美香はいまでも思っている。

そんなことは、いまはどうでもいい。

クリトリスが疼いてしょうがない。

処女だって、欲情はするし、自慰はするのだ。

美香は国会議事堂に向かって、股を広げた。スカートの裾をたくし上げた。

ちょうど中央尖塔が見える。

あの尖塔、見ようによっては男のシンボルだ。

と言うことは、左右に拡《ひろ》がる衆院と参院は、キンタマではないか。

——あら、いやだ。私、なんてこと妄想しているんだろう。

自分にあきれ返りながらも、エロモードになった頭と股間はもう止められない。

——国会議事堂に跨《また》がりたい。

すっとスカートの中に指を差し入れた。女の基底部の股布に触ると湿り気を感じた。噎《む》せ返るような発情臭も上がってきている。

人差し指で、下の窪《くぼ》んだあたりから上へとなぞった。

パンティの中でぐちゅぐちゅと音をたてて亀裂が、左右に開いていく。花芯をいじりながら、指はさらに上へ向かう。

「あっ」

亀裂の一番上、合わせ目の位置にある突起に触れた。

——あぁっ、あうっ、たまらない。感じ過ぎちゃう。

美香は股をピタリと閉じた。左右の太腿を寄せながら、人差し指を股布の脇から潜り込ませた。

すぐに指先が、とろ蜜に塗《まみ》れた。

「んんんっ」

濡《ぬ》れそぼった突起を、指腹でゆっくりと摩擦する。さほど強く刺激しているわけでもないのに、ぐんぐん快感が迫ってきた。

「ぁあぁあぁ」

自然に口が開き、喘《あえ》ぎ声を漏らしてしまう。

やはり衆院への鞍替えに、気持ちが高揚しているようだ。

美香は、野望に胸が焦がされる時、オナニーせずにはいられなくなる。

また迷った時も、オナニーしながら考える癖がある。

なにかにつけてオナニーだ。

それが男運を遠ざけているような気がしないでもない。だからと言ってやめられるものではない。

――いやんっ、気持ちいいっ。

赤い夕陽が国会議事堂を染めている。中央尖塔が怒張しているように見えた。

――あれを挿入したい。

まだ、指すらも入れたことのない女の洞穴からとろ蜜が溢《あふ》れ出てきた。

国会議事堂をずっぽり身体《からだ》の中央に収めてしまいたい。

美香は必死で、淫芽を擦《こす》り立てた。

突然、空が暗くなりだした。同時に土砂降りになった。ゲリラ豪雨だ。

「わっ、国会議事堂の先っぽが濡れている……」

美香は両脚を全開にした。ビジネススカートの裾が、左右同時にビリッと破れる音がした。

とそのとき、中央尖塔の真上に稲妻が光った。ビュッと射精したように見えた。

美香のクリトリスにも電流が走った。眩暈《めまい》がするほどの快美感に身体が、どこかに吹き飛ばされそうになった。

「あぁあああっ、昇《い》くぅうう」

涎《よだれ》を垂らしながら、果てた。

国会議事堂と一発やった気分だ。

雨雲が一瞬にして、去って行く。ぱぁ〜っと、空が明るくなった。虹がかかりそうな勢いだ。

クリトリスはまだ、コリコリに硬い。

美香はふと思った。

――ひょっとして国会議事堂の尖塔ってクリトリス？

これまで、国会議事堂と言えば、男性のイメージしかなかったが、見方を変えれば女の中心部にも似ている。

中央尖塔をクリトリスに見立てると、左右にある衆院と参院は……花びらだ。

──左右対称だし。

絶頂の余韻に浸りながら、ヌルヌルする花びらを擦った。

ワイパーのように指を動かしながら思った。

──左と右を行ったり来たりするもの悪くない。

ようやく選挙に出る心構えが出来た。

──やっぱりオナニーはいい。

やっているうちに、気持ちを整えてくれる。

と、決心がついたところで、スマホが鳴る音がした。メロディは、ビッグバンドジャズの『A列車で行こう』。こういう勢いのある曲が好きなのだ。

慌てて椅子を回転させて、デスクの上のスマホを見た。

液晶に『津川浩平・日東テレビ』と浮かんだ。

──やだ。

津川にひとりでクリトリスを擦っていたことを見られていたようで恥ずかしい。

美香は、慌ててスマホをタップした。液晶の『電話に出る』の上がとろ蜜に塗れた。エロい。

「はい、さっきはどうも」

片手で、捩《よじ》れたままになっている股布を平らに伸ばしながら、言葉を発した。ちょっと上擦っているみたいだ。

「おい、凄《すご》いことになったぞ」

津川の声は、勢い込んでいる。

「どうしたの。総理が死んだとか」

股布が上手く伸びた。

「そこまでじゃない。古手川都知事が、新党の立ち上げを発表するらしい」

「あら」

ティッシュで指を拭いた。女の愛液は即乾性があるのだが、かさつきも残る。

「あまり驚かないな」

「出てくるという予感はあった」

二十六区の候補者を東京一番党が推薦するという情報はまだ伏せておかなければならない。あれは民自党の選対が独自に入手したものだ。

「都議会の『東京一番党』とは分けて、国政選挙用に『首都党』を立ち上げるそうだ。たったいまうちの都知事番が嗅ぎつけてきた。明日発表するらしい」

「首都圏限定の国政政党なんてありえないわ。またどこかの党と組むのかしら」

古手川涼子は賢い女だ。どこかの党を乗っ取りにかかっているのではないか。

「いや、今回は完全に自分のオリジナルだ。全国に三百人を擁立するということだ」

「なんですって！」

美香は椅子から立ち上がった。クリトリスも再び勃《た》った。

「衆院での多数を目指す以上、それぐらいを立てないと意味がないとさ。たいしたもんだ。首都党と名づけたのは、都会的なイメージを鮮明にしたいからだろう。党名なんて、この先いくらでも変えられるさ」

「本人も立つ気なの？」

「いや、本人は都知事の職を辞する気はないときっぱりと言っている」

「いったい、何を考えているのかしら。自分は総理になる気がなくて、国政の党をつくるって……それって……」

股の間がもやもやとしてきた。何かが見えて、だがはっきりしない。視力検査で、見えるか見えないかのところを凝視している気分だ。

「古手川さんの狙いは、民自党だよ。民自党を過半数割れに追い込めればそれでいい。首都党の狙いは野党第三党に食い込むことだ」

津川の声は弾んでいる。

「保守の票を割る……そういうことね」

「まさしく。四年前は、野党と組もうとして失敗した。左派を排除する発言をして顰蹙《ひんしゅく》を買った。今度は、とにかく与党の票を食って一定勢力をつくろうという算段だ。あえて不安定な状況を作って、再度解散に追い込む」

「でも三百人の候補者って、どれだけまともな候補がいるのよ」

ひとりの個性的な党首に支えられたミニ政党なら、ブームに乗って比例でひとりないしふたり程度の当選者を確保することは可能だ。

だが、野党第三党に食い込むとは、民自党の友党、光生党の二十九人を超えた当選者を出すということだ。

「どんな候補を擁立する気なのかしら?」

「すべて文化人かタレント、あるいはテレビのワイドショーでコメンテーターをしていたような連中だ。東京選挙区にはすべて擁立するらしい。明日の夕方五時に発表すると。民自党もうかうかしておれんぞ」

津川の言葉が途中から耳に入らなくなった。

東京二十六区に擁立するのは誰なの?　聞きたくてしょうがない。

クリトリスを擦り立てて、一気にイキたい気分だ。

――あぁん。疼く。

「これだけ、教えたんだ。中林の応援先を教えろよな」

「ひとつだけ教える。東京二十六区」

「それって、逮捕された玉川さんのところじゃないか。公認しないいんじゃないのか」

「新人が立つの。その応援。候補者は言えないけど、私が集中的に入る」

「二十六区……」

津川が紙を捲《めく》る音がした。

「国際政治学者の三上晴美《みかみはるみ》だ」

「うわぁ～」

学者だがモデルのような美貌の持ち主。

テレビの討論会では冷静沈着に相手の外濠《そとぼり》を埋めていく、まさに才色兼備の女だ。

しかも保守なので、被《かぶ》る。

負けられない。これは負けられない。

さあて、作戦を練るには、もう一回オナニーだ。

衆院に鞍替えしたのはそんな経緯《いきさつ》からだ。

第二章　勝者不在

1

二〇二一年十一月二十日

日本中に寒風が吹く中での衆議院議員選挙戦。

中林美香の選挙事務所。

金田市の中心街、建築会社の空き地を借りて、プレハブ事務所を立てていた。

「三上候補が、公開討論を求めてきていますが、避けましょう。政策論争に持っていくのはあまりよくないです」

第二秘書の船本が言った。

十月二十一日に衆院は解散を行い、ようやく選挙戦に突入していた。一九七六年の三木《みき》内閣以来の任期満了解散だった。

奈良総理は、最後の最後まで粘った。

恐ろしいほどの粘り腰だった。

セックスで言えば遅漏《ちろう》に近い。自分でも苦しくなかっただろうか。

処女の自分に言えたことではないが。

法律上、もっとも遅い投票日に設定できる作戦をとり、投票日は十一月二十八日となった。八日後だ。

そして、民自党総裁選は、この選挙の後に行うという、ほとんど独裁国家の元首のような裏技まで使ってきた。

総裁任期も二か月延ばしたわけだ。

奈良がしがみついたこともあるが、党幹部全員の意向もあった。

負けるが、痛手は最小限にとどめたい。少しでも時間をかけて党勢や総理人気を回復したい。そうした願いが党全体にあったのだ。

もはや東京オリンピックは遠い記憶となっていたが、おかげでワクチン接種は相当進んだ。

奈良と党が待っていたのは、これである。

ワクチン接種率が上がることで、得意の経済政策が打てる。接種が進まない間は、経済には手を付けにくかった。逆風にさらされていたのだから、仕方がない。

光が見える。もう一歩のところまで来ている。少なくとも奈良と党幹部たちはそうした手応えを感じていた。

景気対策をしない限り、民自党は財界に見限られる。

古手川涼子の率いる首都党が、あの手この手で、財界に接近していることへの危機感があった。

労働組合や市民団体を背負った政党のように、理想や感染対策ばかりを公約に挙げることは出来ない。

それが保守政党のしんどさでもある。

美香は、衆院解散の日に、即座に参議院議長に辞職願を出し、東京二十六区への出馬を表明したのだ。

選挙戦は熾烈《しれつ》を極めていた。

案の定、民自党への風当たりは強く、街頭演説では罵声を浴びることが多かった。

美香は、おもに、民自党のこれまでの実績を訴えた。

だが、それでは現職だった玉川昭雄との政策の違いが明確にならず、有権者の反応はいまいちだった。

このままでは負ける。

民自党の大物議員ですら、全国各地で苦戦している状況だ。いかに、テレビ局勤務時代に解説者やコメンテーターとして名前を売ってきたとはいえ、それぐらいの知名度で、とても勝てそうな状況ではない。

なにか奇策が必要だった。

そんなときに、首都党が立てた美貌の学者、三上晴美から公開討論会を求めてきたのだ。

避けるべきであるという秘書の提案は、もっともであるが——。

「有権者に逃げているように見られないかしら」

金田市内に構えたプレハブの選挙事務所。

美香は、ボランティアたちが、懸命に配布用チラシを折っている作業場の奥にパーテーションで仕切って作った会議室にいた。

十一月とあって、朝夕は冷え込むようになった。

「選挙カーの上から、あのクールな眼で、中林美香さんは、特に何も業績がない、とまくし立ててくると思いますが、他者攻撃があの人の特徴ですから。気にしないほうがいいです。挑発に乗ってくるのを待っているんです」

船本が、タブレットで三上の過去の発言データを確認しながら付け加えた。

「彼女の金田市スマートシティ構想って、大手自動車メーカーと家電メーカーの利益誘導でしかないでしょう。そこを突きましょうよ。これでも私は記者あがりよ、質問をぶつけるのは得意よ」

美香は、股をぴったりくっつけていた。

寄せマン。

オナニーの手法のひとつだ。

太腿《ふともも》と太腿を密着させて、股の肉扉を圧迫する。すると陰唇の合わせ目にある女《メ》芽《メ》が左右から押されて、刺激される。

このモヤモヤ感がたまらない。

「いやいや、それこそ、三上女史の思う壺《つぼ》です。飛んできた質問の揚げ足をとるのが実にうまい。ある種の応酬話法です。『あなたがおっしゃりたいことは、理解できます。そのうえで、不可解と思う点があります』『つまり、ここがあなたの論が破綻しているところではないでしょうか』とやり込めていくのが常套《じょうとう》手段ですよ。絶対乗っちゃダメです」

船本がまっすぐな視線を寄越す。

論戦で負けたくないという気持ちの強い美香を諌《いさ》めてくれているのだ。

美香は頷《うなず》き、寄せマンを続けた。少しずつ淫気が回ってくる。

応酬話法とは、ああいえばこう答えるという、押し売りセールスマン的な話法だ。

三上はテレビ討論でも、他の出演者に、最初は、喋《しゃべ》らせるだけ喋らせ、笑顔で聞いている。そのうえで相手の論旨の中から、攻撃しやすい部分を見つけ出し、そこを突いてくるのだ。

「自分の政策を主張するのではなく、やたらディベートに強い女ってことよね」

美香は唾棄《だき》するように言った。

クリトリスが尖《とが》り始めた。自分同様、怒っているようだ。

もっとも好きになれないタイプの文化人で、政治家にもしたくない女だ。負けられないという気持ちがにわかに強くなった。

「なぜ、三上晴美が二十六区に出てきたのかが、僕にはよくわからないんです」

船本が首を捻《ひね》りながら言った。

「どういうこと？」

美香は、尻を椅子の上で揺すりながら聞いた。女の平べったい部分が、座面にぴったりくっついて、尖りあがった淫芽を刺激してくれる。

擦《こす》りマンだ。

「自滅した玉川先生を打ち負かすためだったら、三上晴美じゃなくてもよかったような気がするんです。むしろ、元アイドルとかの方が、玉川先生の地盤を揺るがした可能性があります。結構スケベな後援者が多いですからね。古手川さんなら、その辺を見越していたはずです。でも、三上晴美を持ってきた。とりたてて金田市にゆかりがあるわけでもないのに……」

　船本のこの主張はわからないでもない。

　首都党は全国に三百人もの候補者を立てている。いずれも新人候補だが、それなりに知名度のある候補者ばかりを揃《そろ》えていた。

　そこが凄《すご》い。

　芸能界をも巻き込んでいるのだ。

　アイドルや女優出身で、政治的な発言を好んでしてきた人材を多数擁立している。地方においても地元テレビ局の女子アナウンサーやご当地アイドルなど、とにかく政治に無関係でも一定のファンがいる候補者を立てているのだ。

　その中でも全国的に有名な三上女史を、二十六区に、何故立てた。

　美香も疑問に思う。

「玉川先生ではなく、立共党の新人を潰すつもりだったんじゃないか。民自党が、あえて候補を立てないと読んだ。ならば、リベラルを徹底的に打ち負かす保守論客として三上はベストだと……古手川さんは考えたんじゃないだろうか」

矢崎が分析した。

「そこに、中林先生を立ててきたので、首都党もあわてている。その焦りの表れが、公開討論会の申し込みと考えると腑《ふ》に落ちるのです。うちの先生は元ジャーナリストという理論派のイメージと高い知名度がある。それに何よりもまずいのは同じ保守だ。主張が被《かぶ》る点があるし、政治家としてのキャリアも五年ある。向こうも目論《もくろ》見《み》が外れたと……そういうことですね」

船本も納得した。

「どうかな？」

今度は、美香が首を捻った。

何か、きな臭い。

ちらりと、自分の二十六区出馬を促した選対委員長の塩見幸太郎と幹事長の西山義昭の顔が浮かんだ。

幹事長の西山は、古手川が民自党にいたときの派閥の長だ。

「ねぇ、首都党の資金面を後押ししているのは、どこなの。全国に三百人もの擁立って凄すぎない」

いかに古手川涼子が選挙上手でも、資金面での強力な支援者がいなければあり得ない。

「いまだに判然としませんが、槙尾洋蔵《まきおようぞう》と堀川憲武《ほりかわのりたけ》が、裏で動いているという情報があります」

第一秘書の矢崎が身を乗り出してきた。

三人の公設秘書が、そのまま選挙事務所に入ってくれたのだ。もっとも美香が参院を辞職するのと同時に、三人とも職を失ったのだから、しょうがない。

共に選挙を潜《くぐ》り抜け、ふたたび永田町に戻るしかない。そういった意味では、議員と秘書は運命共同体だ。

「ふたりとも、もともと、民自党の支持者じゃないですか」

槙尾洋蔵は、もともとは経済学者だが、その経営手腕や政界ロビイストの腕を買われ、八年前から国内第三位の旅行会社『朝陽《あさひ》トラベル』の社長に収まっている。

堀川憲武は、いわゆるベンチャービジネスのパワーエリートだ。ＩＴ産業の黎明《れいめい》期に財を成し、その後さまざまな老舗《しにせ》企業を買収したことで知られている。ふたりともタレント的な要素を持ち、メディア露出も多い。

このふたりに共通しているのは、新自由主義の信奉者ということだ。

新自由主義――簡単に言えば、市場経済への国家介入を可能な限り少なくする考え方だ。

政治の観点からは『小さな政府』とも呼ぶ。

見えてくるものがある。

規制緩和で、より民間の経済活動を自由にする。これまで国や自治体が担っていたような業務もすべて、民間で行えるようにするということだ。

電話、郵便、電力などの自由化がなされ、いまは水道をどうするかという議論がなされている。老朽化したインフラを税金収入では賄いきれなくなってきたいま、それらを民間企業に任せようとする動きだ。

一見、理にかなっているようにも聞こえる。

だが、それが大きな格差を生むことになる。

公共サービスだったものが、民営化されると、不採算な地区が切り捨てられ、一律的だった料金にも差が出来る。

「コロナ対策で不人気な民自党政権を、いまは動かせないと思っているのでしょう。自分たちの主張をさらに通りやすくするために、出来たばかりの新党を応援しているんじゃないでしょうか」

矢崎が解説した。

そういう考えに則《のっと》り、政策を打ち出してきたのが、この九年間の民自党である。その前のリベラル政権では、成しえなかった経済再生はおおむね出来た。もっとも大きかったのは、観光事業へのテコ入れだった。

だが、感染症対策や医療システムの保護といった公共政策は後手後手に回り、一気に支持率を下げた。

「新自由主義も、ちょっと行き過ぎよね」

美香はため息をついた。寄せマンをちょっと緩めると、秘孔からもため息が漏れた。

「それにあまりにも国民に、自己責任を押し付けるようになったと思いませんか」

政策秘書の尾平則行が言った。

尾平は、美香が掲げるべき政策の要領をまとめている。美香の持つイメージを具体的な法案にまとめ上げるには、尾平のような政策のプロが必要なのだ。

官僚出身以外の政治家が、もっとも弱いのが法体系に対する知識だ。

自分の理想とする政策を実現するために、法案を練ろうとすると、必ず矛盾する別な法にぶち当たる。

同時に関連するいくつもの省庁の協力を得なければならない。

省と省の間で、利益がぶつかることは山のようにある。

これが新人政治家の挫折の始まりであり、官僚の巧妙な省益主義に屈服させられる所以《ゆえん》だ。

そこを政策秘書である尾平は、法体系を鑑み、また役所の間を調整し、少しでも理想に近い形にまとめ上げてくれようとしているのである。

美香が設立を目指す国立映画撮影所も、文科省、経産省、国交省などの省において、さまざま利権がバッティングする。

ともすれば、それよりも国立野球場や、産学共同の研究所をつくるべしという事案に押し流されてしまう。

「しかし、中林先生が『大きな政府』を掲げ過ぎると、リベラル政党である立共党と争点が変わらなくなってしまう。三上晴美は、そこを突いてきますよ。中林美香は、安藤前総理が降りたとたんにリベラルに舵《かじ》を切った風見鶏《かざみどり》政治家だと」

選挙対策担当の第二秘書の船本が、声を尖らせた。

「待って、そこに固執し過ぎない方が私はいいと思う」

美香は再び太腿を寄せた。

クリトリスがぐっと表皮から顔を出したに違いない。ちょっと触りたくなったが、ここは堪《こら》える。

「どういうことでしょう?」

政策秘書の尾平が興味深そうに視線を向けてきた。

「民自党はこの数年、右旋回し過ぎていたと思うの。保守ではなく極右化してしまってる。安藤さんは私の師ではあるけれど、その力が大きくなりすぎたせいもあるんじゃないかしら」

　いまや民自党内には、誰も安藤に逆らえない雰囲気が漂っているのだ。

　美香はこれを危険な空気だと感じている。

「いやいや、安藤さん批判は出来ない。保守票を一気に失うことになる」

　船本が言い、尾崎も矢崎も頷いた。

「しかし」

　と選挙プランナーの秋元が割って入ってきた。

　ペットボトルの水を飲み、一呼吸おいてから続けた。

「二十六区で中林先生、玉川先生、三上先生の三人が保守の票を食いあうほうが、逆に立共党と赤翔党《せきしょうとう》を利するだけなような気がします。民自党のアンチテーゼになるイメージってありだと思うんですよ」

　黒縁眼鏡《めがね》のブリッジを押し上げながら、美香を見た。

　外部のプランナーならではの発想だ。どっぷり政界につかっている人間からは出てこない意見だ。

　案外この男、使えるかも知れない。

　美香は無言で頷いた。

「いやいや、それは二十年前の小川《おがわ》総理がぶち上げた『民自党をぶっ潰す』の焼き直しでしょう？　あれは総裁選だから面白かったわけで、他党と闘う総選挙じゃ無理でしょう」

案の定、船本が反対した。

「いや、私はあると思う」

芙香が制した。

「マジですか？」

船本が目を剝《む》いた。矢崎も訝《いぶか》し気な表情になった。

「民自党内のアンチとか、叩《たた》き潰しとかいうような、過激な戦法ではなく、民自党内のリベラル……」

この一年ぐらいの間に思っていたことだった。

「それは、立共党潰しにはなりますが、勝ち上がるのは難しくないですか。僕の分析では大方の国民は保守志向なんです。ただし今回だけは、民自党には入れたくない。そういった心理が働いています。だから、首都党に流れるのでは、と」

船本がいかにも選挙担当秘書らしい見解を示した。

まさに、その通りだろう。

だが敵は、立共党でも全体主義の赤翔党でもない。

第二保守である首都党と大阪を本拠にしている日本威勢の会だ。とすれば、おのずと方針が見えてくる。

リベラル色を強くすることだ。それこそが奇策である。

美香は足を組み替えた。パンツの中で、花びらがネチャッと音を立てた。いい具合に濡《ぬ》れている。

「小選挙区は、人気投票じゃないわ。ガチに地元の利権と絡んでいる。そこはそう簡単に動かせないわ。どれだけ浮動票を取るかよ」

美香は四人の男たちを見据えた。

「なおのこと、党内リベラルはないでしょう。三上女史は、民自党よりも保守的なイメージで出てきますよ。潜在的な民自党支持者で、今回は、お灸《きゅう》を据えたいと思っている人がそっちへ行くだけです。中林先生は、安藤チルドレンのイメージを鮮明にした方が、結果オーライだと僕は思います」

船本が自分の考えをきっちり伝えてきた。

「いいえ、私はその戦略が一番危ないと考えます。それに私は安藤チルドレンとして五年前に当選したわけではありません。あくまでも日東テレビの政治記者として選挙に出ています」

美香もきっぱりと答えた。むしろ自分の知名度で比例票を掘り起こしたという自負すらある。船本の表情が険しくなった。

「では、先生は、どうしてもリベラルのスタンスをとりたいと？」

第一秘書の矢崎が聞いてきた。

「厳密にいえば、リベラルでもないです。保守です」

そういうと三人の秘書がいちように安堵《あんど》の表情を浮かべた。美香はつづけた。

「本来の保守は、右と左の真ん中にいるということです」

「いやいや、それは中道ではないでしょうか」

船本が呆《あき》れたような顔をしている。

「いいえ。この国における中道は、どちらかと言えば、保守寄りのリベラルです。保守は多様性に富んでいるからこそ、保守なんです。民自党にもかつてはタカ派とハト派による派閥抗争があり、擬似政権交代があったのです。それがいまは一強になりすぎて、多様性がなくなってしまったと思うんです。私は、いまこそ民自党のハト派が立ち上がるべきだと思います」

寄せマンオナニーをしながらたどり着いた立ち位置だった。

これならば、三上にも立共党にも勝てるのではないか。

「グッド！」

第一秘書の矢崎が親指を立てた。

「文句なしです。本来の保守。それなら、左派志向の強い六十代、七十代の有権者にも響きます。保守と言うことで、二十代もきちんと取り込めるでしょう」

　船本も親指を立てた。

「ではハト派的なマニフェストをまとめます。憲法問題はどうしますか？」

　政策秘書の尾平が実務的に聞いてきた。

「保守なんだから玉虫色でいい。自衛隊の存在は明確にしたいけど、一気に改正ということでもない。『その議論で国民を分断したくはない』というのはどお？」

　美香は答えた。我ながらナイスだと思う。

「優柔不断と捉えられるか、現実主義者と見てもらえるか、微妙なラインですが、攻撃をかわすには、ベストです」

　尾平が答えた。

「ではそれでお願いします」

　美香はさりげなく、ボールペンで股間を突いた。いい感じ。

「選挙カーでは、ジョン・レノンの『イマジン』をイメージソングとして流しましょう。ハト派のイメージが出ます」

　秋元が進言してくれた。

「ナイスだと思います」

　リベラル的でありながら、グローバルで、かつセクシーな意味合いも持つ楽曲だ。

あらゆるものを煙に巻けるともいえる。

そうだ『イマジン』を聞きながらオナニーをしよう。

2

驚いた。

「古手川涼子都知事を総理に」

すれ違う選挙カーの窓から顔を出し、三上晴美は、そう言って叫んでいた。

意外な戦法だと思った。

「私はそのためにこの二十六区から立候補しました。どうか、どうか、首都党に政権を担わせて下さい」

まるで、参院の比例単独候補のような口調だ。日頃は自己主張の強い女なのに、投票日目前になっていきなり古手川の名を叫びはじめた。

「いったいどういうことだ」

矢崎が選挙カーの中で唸《うな》った。

「いや、これで古手川涼子のやりたいことがわかったわ。この選挙自体が彼女が総理になるための宣伝効果をねらったものということよ、上手《うま》いところを突かれたわ」

　美香は平然と答えた。

「上手いところを突かれたとは、先生、どういう意味ですか？」

　五十歳を超えている矢崎だが、美香のことは必ず先生と呼ぶ。最初に出会ったときに、いかにも永田町的で好きになれないので止《や》めてくれと頼んだが、

「いいえ、永田町では、そう呼ばないと誰が議員なのかわかりませんから」

　と、矢崎に逆に諭された。

　実際、永田町の住人になると、確かにその方が都合がよいことに気が付いた。目上の議員も年下の議員も先生と呼び合う。

　慣れると照れくさくない。

　うっかり名前を忘れた議員のことも『先生～』で誤魔化せる。あなたじゃ、まずいわけだ。

「首都党の政策を説明するよりも、次の総理は誰がふさわしいかと訴求した方が、わかりやすいし、有権者も興味を持つわ」

「奈良正道現総理と古手川涼子都知事、どちらが総理にふさわしいでしょうか。この一年半のあいだのコロナ対策を振り返ればわかりますよね！　そして、日本初の女性総理を誕生させようではありませんか！」

遠ざかる三上晴美の声がそう叫んでいる。

「なるほど。争点を総理候補者に絞り込んでいる」

矢崎もうなった。

「いまごろ日本中の選挙区で、きっと有名人が、奈良正道と古手川涼子のどちらがいいですかって問いかけるのよ。これ凄い印象操作だと思う」

美香は、その戦略の巧みさに舌を巻きながら、三上晴美の選挙カーが走り去っていくのをルームミラーで眺めていた。

三上晴美は、自分の当落などどうでもいいのだ。

古手川が総理になる、という期待感を持たせたら、それで彼女の任務は終わるのだ。ついでに選挙に勝ったら、議員の肩書も手に入る。

そう、それはついででよいのだ。

選挙には負けても、もしも古手川涼子が総理になったら、そのブレーンとして政府の様々な役職に就くことだろう。

「本当ですね。突如日本中で首都党の候補者が『古手川涼子を総理に』と連呼しまくっています。そればかりじゃないです。選挙カーに古手川涼子のポスターを大きく張って、印象付けているようです。大阪のある選挙区では、元女性アイドルユニットの候補者が、パンツに古手川涼子の名前をプリントして、チラ見せをやっているとネットに流れてます。オタク層の票がごっそり流れるでしょうな。確かにこの戦略は凄い。古手川知事を総理にしたかったら、自分たちにまず議席をくれ、ということですから」

　船本がタブレットをタップしながらうなった。

「三上さんが、公開討論を仕掛けてきた理由もわかったわ。安藤派の私をやり込めて古手川陣営の方が優秀だと見せつけたかったのよ」

「乗らなくてよかったですね」

　矢崎が言った。

「そうとも限らないけど、党の代表同士の人気では圧倒的に負けるわね」

　投票日を目の前に大きなパンチを食らった感じだ。

　美香はマイクを握った。

「民自党ハト派の中林美香でございます。経済よりも感染対策を、飲食業には手厚い補償を、そして金田市は映画産業の町に！」

　有権者数約三十五万人。当選ラインは八万五千票。九万票に届くと確実とされる郊外のベッドタウンだ。

　徹底してハト派のイメージをつくり内政、それも公共サービス、福祉などをメインに打ち出している。

外交や防衛については語らない。

「この九年、民自党はちょっと調子に乗っておりました。深く、深くお詫《わ》びいたします」

「いいぞ。きちんと謝る議員は歓迎だぞ」

選挙プランナーが用意したサクラがそう応えた。

プランナー秋元の今回のイメージ戦略は『お詫び』であった。

政権幹部たちが、どうも尊大に見えて、また様々な不祥事にも本気で謝罪していないことを有権者は怒っている。

そこをメインにとらえた。

そして凄いキャッチフレーズをつくってくれた。

美香はそのフレーズを連呼した。

「党内、政権交代が可能な民自党でございます。政権交代は民自党内で可能です」

そして、咄嗟《とっさ》にアドリブを入れた。

「首都党の総理候補は古手川さんひとり。わが民自党には、五人は候補者がおります。私もそのひとりです。いっそこの金田市から、総理を出しませんか。中林美香でございます」

さきほどの三上晴美の『古手川総理』作戦を逆手に取った、争点ぼかしである。

ある種のカウンターパンチだ。

「党幹部が聞いたら、呆れますね」

隣で矢崎が肩を竦《すく》めた。

「塩見さんから、なりふりかまわずやれと言われています。勝ったら、奈良総理に土下座して謝ります」

だが、古手川を総理にと叫びだした首都党の勢いは止められそうにない。

翌日から首都党は続々と応援弁士を送り込んできた。主に、三上晴美と共にテレビの討論番組に出演していた論客が多い。

政治評論家、経済学者、起業家たちだ。

ただし、それらの弁士たちも、候補者の三上晴美の名を連呼するのではなく『古手川涼子を総理に』と繰り返すのだ。

サブリミナル効果としては抜群だろう。聴衆にどんどんその印象が刷り込まれていく。

旅行代理店『朝陽トラベル』の社長で経済学者でもある槇尾洋蔵も声を嗄《か》らして訴えた。

「民自党はもはや終わっている。これからは古手川さんと首都党が日本を牽引《けんいん》する時代だ。古手川さんが総理になると、サッチャー時代の英国のような輝かしい日本になるでしょう」

保守政治家であり『鉄の女』との異名をとったマーガレット・サッチャーを引き合いに出すところはさすがだ。

自分の主張通りに動かなくなった民自党への強い牽制であり、同時に首都党のスポンサーになろうとしているのが見え見えだった。

起業家の堀川憲武も同じであった。

「旧来の体制を打破できるのは古手川首都党しかないんです。また規制だらけの日本に戻ってはなりません。グローバルスタンダード。世界基準の競争力を持たないと日本は沈みます」

そう叫んでいた。

ふたりとも、突然降ってわいたコロナ禍で、自慢の経済戦略に水を差された立場にある。

民自党が、前総理やそのブレーンにではなく国民に忖度《そんたく》し始めたからだ。

そしてとうとう投票日三日前、首都党は金田市に古手川涼子を投入してきた。

美香は、その夜、選挙事務所で、古手川の街頭演説を報じるニュース番組を見た。

直接の候補者ではないので、テレビも報道しやすいのだ。

おそらくそれも織り込み済みであろう。

還暦を過ぎても、美貌に衰えのない古手川涼子が、聴衆に向かって吠《ほ》えていた。

「首都から日本を変えるつもりでした。しかしいくら知事として政府に提言しても、奈良総理は聞き入れてくれませんでした。私は東京都だけでもロックダウンをやるべきだと申し上げました。しかし、それは法改正なく出来ないことで、奈良総理には『なじまない』の一言で片づけられました」

そこで思い切り、顔を顰《しか》めてみせる。

シンボルカラーの緑のスーツに市松模様のスカーフを巻き、身振り手振りで、続けていく。

「今回の総選挙に私は出ていません。都知事の仕事を投げ出すわけにはいかないからです。ただし同時に、国政にも私の意見を反映させるには、民自党を倒せるだけの数の力を持たねばなりません。お願いします。勝たせてください。私にやらせてください。一旦経済を止めてでも、完全な感染対策をやります。三か月です。それが済んだら、すぐに経済を立て直します！　英国方式です」

いってみれば、これが初めての首都党としての選挙公約の発表だった。

――まいった。

美香は、正直そう思った。

後出し感は否めないが、ここで『経済を止めてでも』というフレーズは響く。一本取られた思いだ。

経済を一旦止めるというのは、誰の胸の中にもあった政策である。だが、与党政治家や官僚にとっては、それはタブーだった。

劇薬すぎるのだ。いったいどれだけの損失が生まれるか計り知れない。補償など出しきれるものではないのだ。

しかもそれで感染爆発を抑えきれなければ、政権が飛ぶ。

奈良にそこまでの根性はなかった。

野党のように理想だけを唱えていればいいわけではないのだが、どんな政策を打ち出してもコロナに勝てる保証はなかったので、責任が取れない思い切った策は、控えられていた。それが官邸と与党の本音だ。

それがそのまま奈良の曖昧な会見に現れていた。そうでなくとも訥弁《とつべん》の奈良なので、国民はよけいに優柔不断さを感じたはずだ。

実を言うとこの選挙後に、民自党もロックダウン法案を国会に提案しようとしているのだ。選挙での争点化を避けたということだ。

経済界から票を失いたくないからだ。飲食店はすでに敵に回っている。今回は立共党に票が行くだろう。

もとより酒類提供店を敵に回している古手川はそこは怖くない。

古手川のように期限をきちんと切るのであれば、守旧派の財界は、協力するだろう。反発するのは、創業三十年程度までの新興企業だ。ほとんどのオーナーが、九〇年代に起業した創業者たちだ。別な言い方をすれば、規制緩和による恩恵を最も受けた成功者たちである。

古手川はここを切ったということだ。

——勝負の分かれ目を知る古手川に、先を越されてしまった。

美香は唇を嚙《か》んだ。

古手川は、従来の野党とは違う。

都知事という現役の為政者《いせいしゃ》である。

そしてその都政に関する有権者の反応はおおむね良好でもある。

ヒステリックに反論するばかりの野党の女性議員とは明らかに一線を画す存在だ。

そのうえ、保守である。

かつて極左リベラルを排除するというセリフで顰蹙《ひんしゅく》を買ったが、逆に保守にはよい心証を残している。

「さすが、選挙は最後の三日と力説しているだけありますな」

矢崎が缶コーヒーを飲みながら言っている。

「これで有権者の期待値は、かなり上がったと思う」

美香は、麦茶をグラスに注《つ》ぎながら答えた。

「明日、報道各社が議席獲得の予想を出すでしょう。二十六区のトップが変わっていなければよいのですが」

船本が電卓を叩きながら言っている。

「船本さんの組織票の読みは？」

美香が聞いた。

「やはり逮捕されていても玉川先生は強いです。地元の自営業者は、ほとんど玉川先生で固まっています。業界団体所属の地元企業も玉川先生です。ハコモノ誘致では、さんざん世話になっているので、みんな断れないでしょう。いま、安藤派の市議が、ひっくり返す工作を必死でやっていますが、どれほどの効果があるかは、判断できません。もはや浮動票を積み上げるしかないですね」

船本はため息をついた。

序盤戦では、美香が優勢だという予想が多かった。嫌な気分になったものだ。序盤が優勢だとアンダードッグ効果が生まれやすいからだ。いわゆる判官贔屓《びいき》だ。逆に終盤戦で浮上するとバンドワゴン効果がでやすい。勝ち馬に乗りたい心理が働くのだ。

古手川はこのタイミングで動いた。

「テレビではカットされていますが、最後に古手川さんは『私に賛同するならば三上晴美と書いてください』と十回ぐらい連呼していました。元々顔を知っている候補者なので、覚え込みやすいです」

コンビニ弁当をテーブルに並べながら川村由紀奈がそう報告してくれた。由紀奈は他陣営の街頭演説を毎日チェックに出ているのだ。

「最初から有名人ばかりを揃えているのは、終盤に追い込みをかけても、覚えやすいということだ」

矢崎が額に手を当てながら言った。

——選挙区では負けるかも。

美香は初めて敗戦を意識した。

3

投票日まで後二日。

「かなり厳しいぜ」

街頭演説を取材に来た日東テレビの津川浩平が、こっそり耳打ちしてくれた。

午後の買い物客を狙い市の外れにある大型ショッピングモールで今日二度目のお

立ち台にあがり、これから最後の駅前広場に向かう車中だ。先を走るワンボックスの選挙カーのラウドスピーカーからはジョン・レノンの『イマジン』が繰り返し流れている。

静かで穏やかな曲なので、市民にも好感が持たれていた。

津川と個人的な会話をするために選挙カーではなくセダン車で移動していた。後部席へふたりで座っている。

運転しているのは川村由紀奈だ。やたら短いスカートで運転していた。

「言われなくても、わかるわよ。昨日の古手川さんの応援で、一気に風向きが変わったようね」

美香は答えた。

目の前にいる聴衆の数が、一昨日と比べて激減しているのだ。熱気も一昨日までとは違う。勝つと思っていた候補者に疑問を感じている眼だ。

それもそのはず、投票二日前の本日になって、三上晴美が『古手川を総理に！』からいよいよ民自党の大批判に転じたのだ。

批判のポイントは、奈良現総理ではなく安藤前総理に向けられていた。

『格差社会をつくったのは安藤さん』

『コロナ感染対策よりもオリンピック開催が優先という状況を作り上げたのは、そもそも安藤さん』

『官僚の人事権を握り、独裁政権をつくろうとしているのは、安藤さん』

そして最後に付けるのだ。

『その秘蔵っ子が中林美香さんです！　安藤さんは、自分にとって都合のよい人ばかりを当選させて、永遠に影響力を行使しようとしているのです。いいですか、中林美香さんは安藤チルドレンです。私は古手川チルドレンです。みなさん、命を守るためにどちらを選びますか？』

前日の古手川の応援演説を見事に生かした論法だった。

「今朝の聞き取り調査では、三上晴美がトップに躍り出ている。比例でも首都党と書く人が増えそうだ」

津川が友人として調査内容を教えてくれた。

「バンドワゴン効果を生かして、明後日の投票日まで逃げ切ってしまう気ね」

美香は唇を嚙んだ。

「恐らく、明日の最終日には、休業要請した事業主や国民全員への給付金の支給を公約するはずだ」

津川が前を向き独り言のように言った。

「それ、野党はすべて公約に掲げているわ。特に新鮮味がないと思う。財源の裏付けなしにそんなことを言っても国民は、二度と信用しないわよ」

美香が二度とと言ったのは、十二年前に民自党から政権を奪ったリベラル政党が、財源としてあげたのが『霞《かすみ》が関《せき》埋蔵金』だったからだ。各省庁には隠し予算が眠っているという風説を信じた公約だった。

実際、埋蔵金は存在するのかも知れない。だが、仮に存在したとしても、役所は、噂《うわさ》が流れた時点で、さらに深く埋めてしまうだろう。政治家が腕を突っ込んだぐらいでは、到底、見いだせるものではない。

リベラル政権は三年であった。この間に、国民の間で保守回帰の機運が生まれたのだ。

「立共党あたりが言っても信じない。だが、古手川涼子が宣言すると、仮にハッタリであったとしても、リアリティが増すだろ。都知事として、このコロナ禍の対策として、最大限の補償を行ってきたのは事実だ。また国を煽《あお》るがごとく、都として独自のワクチン接種会場を設置したのも古手川さんだ。そういう予算を惜しみなく出して、一方では、オリンピックの際に都内のパブリックビューイング会場を、いち早く取りやめた。奈良総理や政権の幹部が、予算やIOCへの忖度から躊躇《ちゅうちょ》するようなことを、あの人は、有権者に受けると感じるとすぐに実行した。そのセンスは抜群なんだ。間接選挙で選ばれた総理と異なり、直接選挙の洗礼を二度受けた知事の方が、有権者の心理に敏感ということだ。ただし、都の貯金は枯渇しているけれどね」

津川が古手川都政を、そんなふうに総括した。

まさに大衆迎合政治家だ。

セダンの前を走るミニバンの選挙カーが窓を開け『中林美香、民自党の中林美香が、やってまいりました』と連呼している。

声優を雇っているのだが、やたらエロい声の女だった。

「ねぇ、いま言った最後の一言、根拠ある？　都庁の貯金は枯渇しているという話」

美香は、にやりと笑った。

「ふつうに公表されている。二〇二〇年の五月の段階で、都は財政調整基金の九十五パーセントを取り崩している。コロナ対策費だ」

財政調整基金とは都の貯金のようなものだ。津川が早口で続けた。

「東京都の年間予算は約十五兆円、ノルウェー、デンマーク、インドネシアの国家予算に匹敵する。そして、一九九九年からコツコツ貯《た》め始めた貯金は、二〇二〇年の三月までに九千三百億円以上あった」

「二十年がかりで貯めたお金を、一瞬にして使い切るって、あんまりじゃない？」

美香は口を尖らせた。これでも倹約家だ。オナニーにはローターなど使わずに、指と決めている。金のかかったオナニーはしないつもりだ。

ちょっと例えが小さいか？　まぁいい。

「さらに、五千八百億円を補正予算としてつぎ込み、一兆四千億以上のコロナ対策予算を組んでいる。この大事に使わずにどうするのだ、という主張だ。都議会に与党を持っていたので通せた。潔いと言えばそれまでだ」

「私は、ちょっと冒険主義過ぎると思う、と言うか、自分の名を上げるために歴代の知事が貯めたお金を使い切ったとも言えるわ。合法的ではあるけど……」

そこまで言って美香はふと思った。

古手川涼子は、このままでは都が財政破綻するのが見えているから、国政へ切り替えようとしているのではないか。

そんな気もしないではない。

やった者勝ちの精神は、スポンサーになった槇尾洋蔵と堀川憲武にも通じる。

すぐには口に出さずに、頭の中で、カウンター攻撃の演説方法を整理した。

いまは津川にも知られたくない。

「それとは別に、立共党の山神輝雄《やまがみてるお》が予想以上に支持を伸ばしている。赤翔党と選挙協力が出来たことと、もう一度立共党に政権を持たせてみようかという機運が生まれ始めている。比例で復活する可能性もあるぞ」

津川が世論調査の結果を伝えてくれた。

それだけ民自党に対する不信が強いということだ。

保守が政権を奪還して九年。その間の八年が同じ総理だったので、独裁的なイメージが付いた。

国民は、民自党にちょっと飽きているということだ。

あまり間を置かずに、もう一度リベラルにやらせてみたい。

結果的にそれが、アメリカの共和党（小さな政府主義）と民主党（大きな政府主義）のように、交代で政権を担うということにならないだろうか。

そんな風に傾いている気配があった。『時代の気分』のようなものだ。

「民自党は負けると思う。でも私は勝つわ」

美香は、陰毛を逆撫《さかな》でするぐらいに決然と言った。民意の傾向から、ある閃《ひらめ》きを得たのだ。

――いまから、一発逆転の演説をしてみせる。

駅前ロータリーに着いた。

大型街宣車が、すでに待機していた。大型バスの上にステージを作った、民自党自慢の街宣車『そよ風号』だ。

ボディーは白と青のツートン。ルーフステージには多くの幟《のぼり》が立っている。国政選挙では、総理、閣僚クラスが遊説するために使用される車で、個々の候補者にはなかなか配車してもらえない。

今日、わざわざ『そよ風号』が金田市にやって来たのは、応援弁士に外務大臣の今泉正和《まさかず》と参院で一緒だった元女優の加原洋子が駆けつけてくれるからだ。

運転席を降りた川村由紀奈が先に『そよ風号』に乗り込んだ。

「中林候補、到着です」

元気よく一階の座席で打ち合わせ中の職員たちに挨拶をして、ルーフステージへと向かうアルミ製の階段を上っている。

美香も続いた。

津川は、セダンを降りると、群衆の背後で待ち構えていた日東テレビのクルーの方へと去って行った。

ここからは友人ではなく、政治家と記者の間柄に戻る。

由紀奈の後を追い、階段の前に立ち、上をみあげたとたんに美香は驚いた。

「川村さん、なんてパンツ穿《は》いてるのよ」

さすがに声が尖る。

由紀奈のミニスカートの下、真っ白なパンツに『必勝・中林美香』と刺繍《ししゅう》されていたのだ。

「いや、これ、加原洋子さんからの差し入れなんです。本人が穿くのはまずいけど、スタッフはこのぐらいの根性を決めないと、ダメだって」

由紀奈が尻を振りながら言った。

さすがは女番長の異名をとる加原洋子らしい発破のかけ方だ。

「嬉《うれ》しいけど、微妙ね」

芸能人だった加原には効果的な戦術だが、知性的であることも売り物の美香には、デメリットになる可能性もある。

だが、ここで脱げとも言えまい。

「いや、中林先生、気取っている場合じゃないかもしれません。どんな手を使ってでも印象付けたいのと、加原さんのファンの方が、投票してくれたらいいじゃないですか。政治塾じゃ教えてくれませんよ、こんな闘い方」

由紀奈はすっかりはその気になっている。

「わかったわ。その心意気にむしろ感謝」

そう言って、美香もルーフステージに上がった。

午後四時。

街頭演説が始まった。聴衆は約三百名。うち百五十名は民自党員及び市議支援者の動員だ。

「こんにちは、中林美香です。古手川さんと首都党もいいなぁと思っている皆さん、要注意です。古手川さん、たった一年で二十年もかけて貯めた東京の貯金を、ほとんど使い切っているの知っていますか?」

開口一番、そう呼びかけた。

チェックすれば、誰でもわかることなのだが、聴衆にはどよめきが起こった。わざと非難めいた声をあげているのは動員した聴衆だ。

「もちろん、ここ一番に集中的に予算を投下するというのは政治判断で、都議会でも認められているので、問題はないのですが……」

ここは断りを入れておかねばならないポイントだ。古手川は不法に予算を使っているわけではない。

「誹謗《ひぼう》中傷するつもりはないのです。ですが、あまりにも極端じゃないでしょうか。問題は、その効果が表れていないということですよ!」

おおっ～、と歓声が上がった。

「これが国の予算だったら、この国、今ごろ危なくなっていないですか?」

論理を飛躍させた。それらしく聞こえたらいいのだ。

「その瞬間だけ受ける政策って、野党と同じなんですよ。民自党や私は違います。

よーく考えてやります。ちょっと遅いとか言われがちですが、それがながらく政権をになってきた党の経験値なんです」

自分でも年寄り臭い言い訳だと思う。

これじゃぁ、永田町の党本部にいる守旧派議員たちと変わらない。

だが、今回は清新さ以上に、熟練をアピールすべきだと、美香は咄嗟に閃いた。清新さでは首都党にかなわない。

ここから、美香は得意の『党内政権交代論』を滔々《とうとう》と語った。

「奈良さんにはＮＯ！　民自党にはＹＥＳ。これがベストな選択じゃないですか」

一瞬戸惑いのどよめきが上がり、次の瞬間、大きな拍手が上がった。

――受けている。

民意はここにある。美香は肌で感じた。

支持政党で一位なのは、やはり民自党。まだ足腰の鍛えられていない首都党では心もとない。

だが、奈良現総理にはうんざりしている。

古手川都知事の方がよさそうだ。

そういうことだ。

「民自党は、奈良さんにＮＯを突きつけます。即座に交代させられるのは、野党ではありません。民自党です」

アドリブでそう言ってみた。

拍手喝采が来る。今度は動員された民自党の関係者たちも歓声を上げていた。

午後四時十分。時間通りに外務大臣の今泉正和が登壇してきた。

美香の横に立つ。

民自党内でもダンディで知られる政治家だ。三世議員で、外交官出身。英語が話せる議員は増えたが、フランス語も堪能《たんのう》な、六十一歳の外務大臣である。

民自党第二派閥今泉派を率いているが、スタンスはハト派である。

その今泉がマイクを握った。

「こんにちは、今泉です。やはり中林美香さんは凄いですね。モノ言う政治家です。そして、民自党はこうしたことが堂々と言える政党です。どうか二十六区は、中林美香さんを。そしてこの金田市を中林さんの言うように、映画の町にしようじゃありませんか」

今泉は、たったいま美香が訴えた内容を、うまくカバーしてくれているうえに、美香の政治課題をもうまく織り込んでくれた。

国立映画撮影所については、首都党に総理候補論という飛躍的な論戦に巻き込まれていたために、充分な説明が出来ずにいたが、今泉が切り出したことで勢いがついた。

　それにしても今泉の弁舌は見事であった。

「国立映画撮影所の誘致と共に『カネダ国際映画祭』を実施しようではありませんか。カンヌやベネチアのように世界に名の通った映画祭の開催都市として、この金田市を世界に羽ばたかせましょう。不肖、今泉、外務大臣でございます。愛娘《まなむすめ》のような中林美香のためならば、その国際映画祭、私が世界に広めてまいります」

　そこで、今泉は美香の手首を握り、力強く空に掲げた。

　万雷の拍手に包まれた。

　背中から野太い女の声がした。

「私も、国立映画撮影所誘致と『カネダ国際映画祭』賛成ですよ！」

　真っ白なスーツを着た加原洋子が、マイクを握りしめ颯爽《さっそう》と現れた。民自党の女番長、迫力満点である。

　加原は、それ以上多くを語らず『中林美香！　中林美香！』と手拍子を取りながらコールしはじめた。

　聴衆も中林美香コールを始める。

　高揚感を煽り、一気にクライマックスに持っていく演出だ。

　ここは美香も乗って、両手を挙げて頭の上で手拍子した。

そこにさらに十人ほどのミニスカート姿の女子が現れる。アイドルのような子たちだ。加原洋子がもともと所属していたプロダクションの研修生たちだ。加原は自分の選挙には常にこの軍団を帯同させている。

美香コールが鳴り響く中、その十人の加原ガールズがくるりと聴衆に背を向け、ツンとヒップを突き出した。私設秘書の川村由紀奈も一緒にやっている。

〈必勝・中林美香〉の刺繍入りパンツがチラリと見えた。

若者から中年まで、どっと沸いた。中には眉をひそめた主婦らしき女性たちもいたが、女子高生たちからは『可愛《かわい》い！』の声援が飛んだ。

いわゆるステージ用の見せパンなので、いやらしさはあまり感じないのだ。

品格はともかくとしてインパクトはあった。

締める頃合いだった。街宣は長すぎないことだ。少し短すぎるぐらいでちょうどいい。

「声援ありがとうございます。そして今泉大臣、加原先生、応援ありがとうございます」

ここまで言って、美香はふと閃いた。

最後に、もう一発、耳目を集められるハッタリを噛ませておこう。

「私、次期総理には今泉正和外務大臣が適任だと思っています。民自党は総理を替えられる唯一の党です。どうですか、みなさん、奈良さんではなく今泉さん。私はそう提案します」

大きな歓声が沸き起こった。

今泉は一瞬戸惑った表情を浮かべたが否定はせず、無言で手を振っている。

満更でもない証拠だ。

すでに、民自党内には、奈良おろしの機運が芽生え始めている。総選挙が終わるまで誰も口に出さないだけで、水面下で、実力者たちが次期総理候補を誰にするのか、模索しているのは間違いない。

想像以上の熱狂に包まれて、今日最後の街宣は幕を閉じた。あとは時間ギリギリまで選挙カーで手を振って市内をまわることだ。

「大臣、ありがとうございました」

「なんの。俺は、映画が本当に好きだからな」

「いえ、出過ぎた真似《まね》をしました」

確信犯なのだが、美香はついうっかり口が滑った風に見せかけた。そんなことは今泉も承知の上だ。

「いや、誰かに観測気球を上げて欲しかった。投票日、二日前。絶妙のタイミングだ。やはりあんたは政治センスがある」

今泉が少し乱れた銀髪を直しながら笑った。

選挙の結果次第では、総裁選に名乗りを挙げる気なのだ。案の定『そよ風号』を降車し、大臣専用車へと向かう今泉に記者が群がった。

「今泉大臣、いま中林候補が言ったのは、本当でしょうか。事実上の総裁選出馬表明ですか」

質問しているのは国営放送の女性記者だ。

「あくまでも中林候補が、提案をしただけだ」

今泉が煙に巻こうとしている。取り巻く報道陣を秘書とSPが押しのけ、道をつくっている。やはりマスコミ的には大きなインパクトになったようだ。

「否定はなさらないのですね」

日東テレビの津川がマイクを向けている。

嬉しい質問だ。

「否定をしたら、中林候補の党内政権交代論に水を差すじゃないか。僕は応援にきたんだよ。しらけさせてどうする」

さすがは今泉、答弁も天下一品だ。

「今泉大臣は党内政権交代論に賛同しているということですね」

津川が、専用車に乗り込もうとする今泉に追い縋《すが》っている。

「党内政権交代というのは、中林候補者の言い回しであって民自党は常に自浄作用がある政党だということを言っているのだと理解してる。総選挙の結果次第では、いろんな話が出てきて当然だよ。民意を得るために選挙は行われているのだから」

今泉は車の後部扉の前で立ったまま取材に応じていた。外国人記者も数人マイクを向けている。

「やったわね。これで流れが変わるわよ」

加原洋子に肩を叩かれた。

「そうだといいんですが」

美香は微苦笑した。計算ずくでやったことではないが、首都党との差を埋められたような気がする。

民自党の次期総裁候補にハト派でかつ雄弁なイメージの今泉の名が挙がると、タカ派で訥弁の奈良の重苦しい雰囲気が薄まる。

美香には有利に働くのではないか。

「でも参院から、中林先生がいなくなったのは寂しいわね。好対照なノリがよかったんだけど。知性派の中林先生と武闘派の私、みたいな」

加原洋子も『そよ風号』を降りていく。

「あの、奈良総理、激怒するでしょうね」

加原は奈良派だ。

「なにを言おうが当選してくれたらOKでしょう。落選したらしたで『俺の悪口を言ったからだ』って吠えられるし、どっちにまわっても総理にはいいのよ。当選して欲しいって気持ちが強いでしょう。だから私なんかでも応援に行けと言われた」

加原はそれだけ言うと、さっさと降りて行った。

やはり多様性の民自党だ。

突然、外務大臣専用車の方から、金切り声が上がった。女性記者の声のようだった。

「なにをする!」

今泉の声がした。

美香が振り返ると、報道陣の輪が崩れ、その中に、SPが飛び込んで行った。美香も駆け付けた。

「アラブの敵!」

そう叫んだふたりの若い記者風の白人が、ナイフで今泉に襲い掛かろうとしている。ふたりともスーツにノーネクタイ。ショルダーバッグを袈裟《けさ》懸《が》けにしていた。ナイフは十五センチほどのダガーナイフだ。直前まで持っていたと思われるカメラが、路上に転がっている。

日東テレビの津川が、ひとりに足をかけた。

「うっ」

横転する。連鎖でもうひとりも前のめりに泳いだ。

「潰せ、潰せ！」

屈強なＳＰがふたり、白人記者たちにタックルをかけようと接近した。

だがその瞬間、ふたりの白人は待ち構えていたかのようにいきなりショルダーバッグからステンレスの小瓶を取り出し、ＳＰの顔面に中身の液体を振りかけた。

「うわぁああ」

年配の方のＳＰがのけぞり、いきなり立ち止まった。顔から湯気のようなものが上がっている。

「おぉおお、見えねぇ。何も、見えねぇ」

もうひとりのＳＰが両手で顔を押さえて、床に両膝を突いた。

閣僚とはいえ、通常ＳＰは二名体制だ。他に党の警備員はいるが、まだ、街宣車の周りにいる。

「いやっ、硫酸！」

東洋テレビの腕章をつけた女性記者が飛び退《の》いた。飛沫が腕に付着したらしい、懸命に腕を押さえながら、後方に走り去っていった。

「硫酸は、まずいよ」

「おいおい、テロかよ」

他の記者たちも口々に恐怖の叫び声をあげ、一気に大臣専用車の前から離れた。

さすがに津川も下がっている。カメラマンも後退しているが、ズームアップして犯人を捉えているに違いない。

幸い、この間に今泉正和は、公用車の後部席に潜り込み、運転手がすぐに発車させた。

「くそ!」

白人ふたりがステンレスのボトルを持ったまま周囲を見回してきた。

「危ないぞ。ボトルの中は硫酸かもしれない。みなさん下がって」

毎朝新聞の記者が群衆に伝えている。

同時に悲鳴と怒号が上がった。

「どけ!　どけ!　ゲッタウェイ!」

白人ふたりは、日本語と英語で叫びながら、駅前ロータリーから大通りへと飛び出していった。

大通りに二台のバイクが待機しており、ふたりがそれぞれそのリアシートに跨《また》がると、あっという間に、バイクは出発してしまった。神奈川方面へだった。

この間、二分とかかっていない。

駅前の交番から地域係の警官が数名駆け寄ってきたときには、後の祭りだった。

すぐに警視庁金田警察署から、周囲の各署に緊急配備《キンパイ》がかけられた。

「こんな時も金田市は、地理的にややこしいよな。周りはすべて神奈川県だ。警視庁から、いちいち神奈川県警《カナケイ》にも応援を頼まないとならない。しかも警視庁とカナケイは犬猿の仲ときている」

津川が傍《そば》に来て、バイクが逃亡した方向を見やりながら言った。

相模原《さがみはら》市方面だ。

「政治課題のひとつね。当選したらすぐに対処するわ」

美香はそう言い、津川に背を向けた。歩きながら今泉に電話する。

「大臣、お怪我《けが》は？」

「驚いたが大丈夫だ。心配いらん。外務省に戻ったら会見する。これは、テロ事件だから、中林君の幟やポスターがニュース映像に写り込んでも、報道の依怙贔屓《えこひいき》にはならんだろう。投票日直前にこれは大宣伝になるぞ」

今泉は高笑いをしている。

「それよりも、私の選挙応援でご迷惑を。申し訳ありません」

美香は平謝りした。

「まだ若いね、中林君。政治家は、どんな局面でも、選挙の票に結び付けることを考えたらいい。すぐに、街宣車に戻って、この国のテロ対策の甘さについて訴えなさい。これほどのチャンスはない」

いかに知性派と呼ばれていようが、今泉もまた永田町の住人である。

さすが、としか言いようがない。

「わかりました」

美香は、毅然《きぜん》と答え、街宣車へと向かった。

「テロから、この国を守ります！　誰が総理かではありません。国をどうやって守るのかです」

叫ぶと、聴衆から大きな声が上がった。数日前まであった熱気が蘇《よみがえ》ってきた。

演説を終えて、選対事務所に戻ると、ちょうど夕方の報道番組の時間だった。

【今泉外相襲われる。テロ集団の可能性】

女性アナウンサーのバストあたりに、大きなテロップが入り、金田駅前ロータリーの様子が映し出されている。

襲撃現場と街宣車で応援演説する今泉の姿が交互に映し出され『中林美香』の幟や旗、それにポスターが何度も映し出された。

「襲ったのは、記者を装った外国人二名で『アラブの敵』と叫んでいたことから、警視庁は、中東の過激派組織のメンバーの可能性があると見て捜査中です」

つづいて、外務省からの中継映像に切り替わる。

「私は、アラブ諸国に対して、なんら敵愾心《てきがいしん》ももっていない。過去にどの国に対しても非礼なことをしたつもりもないので、なぜテロの対象になったのかわからない。犯人たちに言いたいのは、もし正当な要求があるのならば、暴力に訴えるのではなく、正々堂々と外務省の門を叩くなり、大使館を通じて会話すべきだ。アラブの敵と呼ばれても、抽象的すぎて返答が出来ない」

今泉は冷静に言葉を選び、滔々と語っていた。

とりあえず無事でよかった。

「ネットでは、今泉正和の検索数が急上昇しています。危険と引き換えとはいえ、今泉大臣こそ名前を盛大に売ったことには違いない」

選挙対策担当秘書の船本が言って、口笛を吹いた。

とにかく名を売ればいい。ここはまさしく政治の世界だ。


二日後の投票日。

美香はギリギリ逃げ切った。最後の最後まで、首都党の三上晴美、立共党の山神輝雄と票を分け合った。

当確がついたのは、深夜二時。

この時点での二位三上との差はわずか二百票。都市部の票がすべて開き切ったということで、日東テレビが当確が打ってくれたのだ。

今泉の襲撃事件が同情票を呼び込んだ。

選挙事務所は沸き立つというよりも、あちこちで安堵のため息が漏れた。

それもそのはずで、全国の選挙事務所で、民自党の現役議員が敗退していたのだ。

首都党は想像をはるかにしのぐ勢いで議席を伸ばしていた。

立共党は前回よりも伸ばしていたが、微増にすぎない。

テレビに映る永田町の民自党本部は、奈良総理の地味で陰気な表情と相まって、まるで通夜のようだった。

国営放送と他局はそれから一時間してようやく中林美香を当確とした。

選挙事務所で支持者に囲まれ、万歳三唱をしたが、美香は勝った気分にはなれずにいた。

投票二日前、今泉と加原の応援演説で、やや盛り返したものの、旋風《かぜ》に乗った首都党は強かった。

最終日になって、無所属で出馬の玉川昭雄を支援していた地元商工団体が、票の半分を美香に割り振ってきたのが、大きかった。

民自党に遺恨を残したくないという思いが働いたせいである。

もしこの票がなかったら、三上晴美にもっていかれたということだ。

まったくもって、薄氷を踏む当選であった。

翌日、確定票数が出た。七万二千五百二十二票。これまで玉川が獲得していた票より一万票ほど少なかった。

民自党本部にも激震が走った。

獲得議席数は過半数を割る二百二議席。連立を組む光生党が二十九議席の現有議席を守り切ったが、合せて二百三十一議席。過半数に二議席足りない状態だ。

第二党の立共党は百十五議席と二議席しか伸ばせなかった。

一気に議席を取ったのが首都党で八十四議席、第三党に躍り出た。民自党の喪失議席は、ほぼ首都党に回ったことになる。関西系の日本威勢の会の十四議席と合わせると、第二党立共党にも迫る勢いだ。

国民は左派リベラル政権ではなく保守政権を求めていたというわけだ。

ともあれ民自党の歴史的惨敗である。

ただし、この選挙で過半数を取った政党がいなかった。つまり勝者がいないのである。

裏を返すと国が混乱することになる。

各党の獲得議席数は以下の通りだ。定数は四百六十五である。

民自党　二〇二
立共党　一一五
首都党　八四
光生党　二九
赤翔党　一六
威勢の会　一四
無所属　五

これでは、誰が総理になっても政権運営は困難なものになる。

奈良正道は、即日、辞任を表明した。

先行きが不透明な中で、美香は国会議事堂に戻った。久々の中央玄関からの登院となった。

伊藤博文の立像の顔をじっと見た。スケベな眼だ。

今晩のオカズにしよう。

あの口と顎髭《あごひげ》に撫でられたい。

なんて、その頃は思っていたものだ。

事態はさらに流転する。

第三章　性権交代

1

二〇二一年十二月一日　午後二時三十七分

「民白党は、後任総裁に誰を持ってくるでしょうね」

三上晴美は、背後からバストを揉《も》まれながら聞いた。ロイヤルブルーのワンピースだが、槙尾洋蔵の願いでノーブラで着ている。

窓の正面に東京タワーが見えた。

タワーはちょっぴり老け込んで見えた。

東京オリンピック・パラリンピックが終了し、目標を失った東京そのものを象徴しているようだ。

「西山義昭とかだったら崩しやすいんだけど、今泉正和になったらちょっとてこずるな。しかし、首班指名で恩を売ることができる。じわじわと追い込んでみせるよ。ただしこっちの言うことを聞いたらね」

槇尾が、首筋に舌を這《は》わせてくる。

そこは弱い。晴美はぶるっと身体《からだ》を震わせた。

港区の御成門《おなりもん》にある高層オフィスビル。槇尾は『朝陽トラベル』の社長の肩書を得ているが、毎日出勤するのはこの個人事務所である。

旅行会社の社長という肩書だが、経営全般を担っているわけではないのだ。創業者の東條久雄《とうじょうひさお》が代表権を持つ会長であり、槇尾の職務はアドバイザーでしかない。旅行会社として政府にどう取り入り、公的な仕事の契約を取るかが、槇尾の仕事なのだ。

本来、肩書は顧問でよいはずなのに、より多くの報酬を得ることと、官邸との交渉をしやしくするために社長という呼称を用いているわけだ。

早い話がロビイストだ。

「でも、民自党に民意が戻ったら、それはそれでいいんじゃないですか。わざわざ首都党のスポンサーにならなくても……教授が上手《うま》く筋書きを仕込むだけでいい」

晴美は、右手を後ろに回し、槇尾の股間を弄《いじ》った。スーツズボンの中で、柔らかだった肉棹《にくざお》が徐々に漲《みなぎ》り始める。

「いや、民自党の体質からして当面リベラル寄りな政策中心になるだろう。ハト派が中心になって原子力発電所稼働中止とか、感染拡大防止のための医療や福祉予算を大幅に取るとかね。そういうことをやるだろう。タカ派の連中も、しばらくは爪を隠す必要があるから、あえて抵抗せずに、様子見を決め込むはずさ」

槇尾がワンピースの上から乳首を摘《つ》まみながら、政局分析を口にしている。頭のいい男ほど、妙な性癖を持っている。落差のある行為に燃える典型だ。

「でも、それがあの政党の強み。自浄作用というか、政権維持のためならカメレオンのように色を変える。生存本能が強いということではないでしょうか」

晴美も答えながら亀頭の位置を探した。あった、あった。右上を向いている。触ってみた。もうカチンコチンじゃないか。

「いや、だからダメなんだ。しばらくの間、民意を取り込もうとする。それじゃダメなんだ。グローバリズムに取り残される。もう昭和の日本じゃないんだから」

槇尾の亀頭がぎゅっと硬くなった。

「せっかく槇尾教授が、安藤真太郎という、憲政史上まれにみるトリックスターを作り上げましたのにね。んんんっ」

「政界で旧弊を打破するためには、かならずトリックスターが必要になる。安藤真太郎は、貫禄《かんろく》といい見得の切り方といい、まさにその大役が担える千両役者だった。だから、きわどい法案をいくつも通せたのさ」

槇尾は硬くなった亀頭を、晴美のヒップに押し付けてきた。

晴美は、軽く臀部《でんぶ》を突き出す。顔は東京タワーをむいたままだ。パンティラインを鰓《えら》で擦《こす》っている。

ラインに鰓が微妙に引っかかる感触を楽しんでいるらしい。

晴美が槇尾と知り合ったのは、テレビの討論番組で共演したのがきっかけだ。日本のグローバル化について、経済学者と国際政治学者の立場で共感することが多かった。

日本は外国資本が入れないような高い規制を設けすぎているとともに感じていたからだ。

三十歳以上も歳《とし》の差はあるが、ふたりは急接近した。

「槇尾教授、次のトリックスターは古手川涼子さんだと思っているのですね」

晴美は、槇尾のファスナーを下ろした。トランクスごと尖端《せんたん》が飛び出してきた。指でうまく探って老棹を引っ張り出す。

「おぉおっ。細い指が絡みついて気持ちがいい」

「教授、政治の話を」

晴美はエロ話は好きではない。燃えない。

だが、政治や経済の話になると股間全体が疼《うず》く。濡《ぬ》れるのだ。

「その通り。古手川涼子がもっとも仕立て上げやすい。ポピュリズムを知り尽くしている〟だから、コロナ対策を政策の軸に使っている」

「もっと言ってください」

晴美は胸をのけぞらせ、槇尾の亀頭を自らの股間に導いた。ワンピースの上から尻山のあちこちに擦りつけた。

ぐわっと花びらが開き、生温かいとろ蜜が溢《あふ》れ出た。

「あの女は、コロナの感染拡大や医療崩壊など、心の底ではこれっぽっちも気にしていない。落ち目の政府と対立軸をつくることがみずからの浮上のチャンスだと捉えている」

槇尾がワンピーズの裾を捲《めく》り上げてきた。尻山が剝《む》きだされた。ぐっちょり濡れたパンティの股布が肉扉に食い込み始めていた。そのせいで左右の肉丘がにゅるんとはみ出していた。

晴美は自らそのあたりに亀頭を導いた。

「政治家は政策よりも権力争いをするために存在しているんですものね」

「そうさ。ひとつでも多くの権力や名誉を手に入れたいだけなんだ。古手川の頭の中にあるのは、日本初の女性総理になるということだけさ。なれればいい。それだけのことだ」

槇尾が股布を右にずらした。

「なんでもいいから有名になりたい芸能人と一緒ですね」

女の湿地帯に硬直した男根が触れてきた。槇尾が条件反射的に、腰を揺すり始めた。鰓が花びらを擦った。

「古手川なんて全くその通りだ。政治信条とか哲学はない。ただ政局を見る目だけは長《た》けている」

ぐしゅっ、ぐしゅっ、と肉と肉をなじませる音がする。鰓で花芯をくじっているのだ。

「でも、古手川さんの演技力、どうですかね。安藤さんのような一貫性が感じられない」

クリトリスが破裂しそうなほど腫れていた。

「たしかに、古手川は時々襤褸《ぼろ》を出す。目の前に、チャンスが見え始めているから、前のめりになりすぎている。いまが要注意だ。政治家はたった一言で自滅する。キミからも多少抑制させてくれないか」

突然剛直が真珠玉に触れた。晴美の腰が砕けた。両手をガラス窓に突いた。

口から零《こぼ》れ落ちそうになる喘《あえ》ぎ声を必死で堪《こら》えた。ここで喘いでは、槇尾も衝動的になる。

もう少し、理性と欲情を闘わせたい。

「わかりました。古手川さん、ちょっと民意に寄りすぎるきらいがあります。それでふらつくというか」

「民意は移ろいやすい。そのときどきで揺れる。どっちに転ぶかわからないものに乗っては危なくてしょうがない。だいたい民意が正しいとは限らんのだ。間違っていることもたくさんある！」

槇尾が持論を言う。男根を出しながらも国家を語る男が好きだ。

『民意は間違っている』は、学者としては同感だが、決して一般大衆の前で言ってはならないセリフだ。言ったバカがいるのだが。

「その点、安藤さんは、困ったときはいつも『この国を取り戻す』で乗り切りましたね」

「そう『安全、安心』は抽象的過ぎでしかも主語が必要になる。だが『この国を取り戻す』はそのワンフレーズだけでいろんな意味を持つ。二十年前の総理の『民自党をぶっ潰す』と同じだ。どちらも天才だった」

伊坂幸太郎

フーガはユーガ

累計**43**万部突破！

伊坂幸太郎史上
もっとも切なく
でも、あたたかい

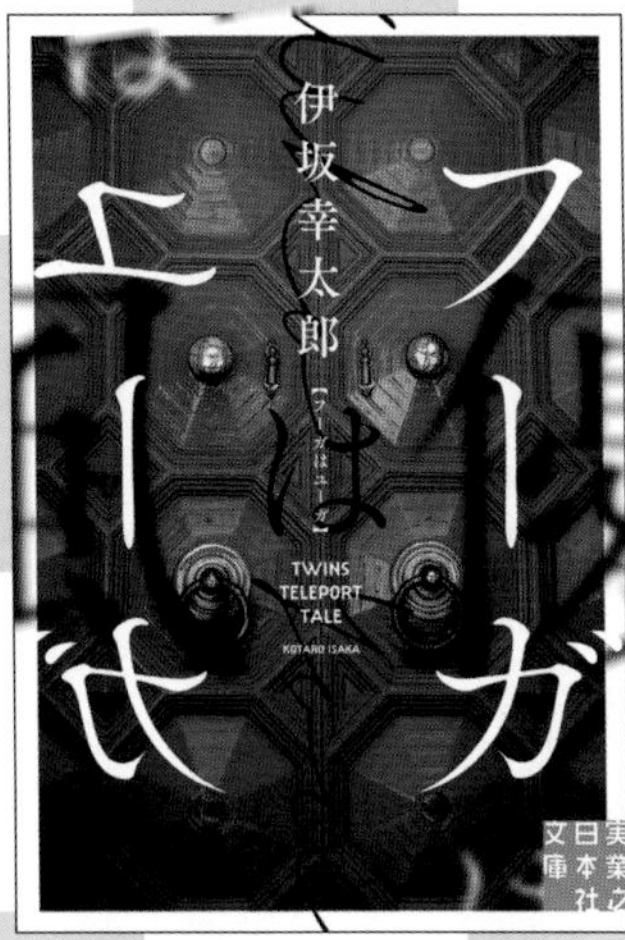

優我はファミレスで一人の男に語り出す。双子の弟・風我のこと、幸せでなかった子供時代のこと、「アレ」のこと。本屋大賞ノミネート作品！

定価**792**円（税込）
978-4-408-55688-8

実業之日本社文庫

10月の新刊

実業之日本社
創業125年！フェア

実業之日本社文庫

今野 敏
臨界 潜入捜査〈新装版〉

定価792円(税込) 978-4-408-55692-5

原発で起こった死亡事故。所轄省庁や電力会社は、暴力団を使って隠蔽を図る。元刑事が拳ひとつで環境犯罪に立ち向かう熱きシリーズ第5弾!

新津きよみ
妻の罪状

定価792円(税込) 978-4-408-55696-3

いちばん怖いのは、家族なんです――遺産相続、空き家、8050問題……家族関係はどんでん返しの連続。名手によるホラーミステリ7編収録のオリジナル短編集!

北川恵海
真夜中のメンター 死を忘れるなかれ

定価748円(税込) 978-4-408-55689-5

彼の肩書はメンター。自殺志願少年、足を引っ張りたい女など、客の相談を聞き、解決に乗り出すが……。すべての悩める人に贈る、人生応援ストーリー!

倉阪鬼一郎
24時間走の幻影

定価814円(税込) 978-4-408-55690-1

24時間耐久マラソンレース。真夜中になるとコースに怪しさが漂いはじめ、そこに現れたのは……。本格ランナーの著者が描く、不思議で切ない感動ストーリー。

ます。

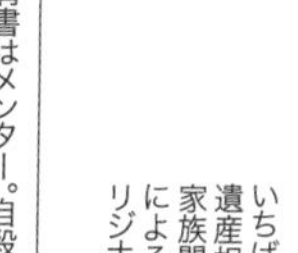

©山下以登

実業之日本社文庫

睦月影郎
淫ら新入社員

定価748円（税込）978-4-408-55699-4

書き下ろし

女性ばかりの会社『WO』。本当の採用理由を知らされずに入社した亜紀彦は、美女揃いの上司や先輩を相手に、淫らな業務を体験する。彼の役目とは——。

沢里裕二
処女総理

定価770円（税込）978-4-408-55693-2

書き下ろし

中林美香、37歳。記者から転身した1回生議員。彼女のもとにトラブルが押し寄せる。警護するのはSP真木洋子。前代未聞のポリティカル・セクシー小説！

中得一美
嫁の甲斐性

定価770円（税込）978-4-408-55695-6

書き下ろし

晴れて年季が明け嫁いだが、大工の夫が大怪我。借金返済のため苦労を重ねる吉原の元花魁・すずの数奇な半生を描き出す。新鋭の書き下ろし新感覚時代小説！

小鳥居ほたる
あなたは世界に愛されている

定価770円（税込）978-4-408-55691-8

書き下ろし

不器用な娘と母は、時を超え、かりそめの姉妹になった。それは運命のいたずらか、それとも愛の奇跡か？　切ない想いが突き刺さり号泣必至、あたたかい絆の物語。

推し本、あ

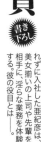

定価770円(税込)　978-4-408-55697-0

西村京太郎

十津川警部
出雲《いずも》伝説と木次《きすき》線

神話の里に悪の銃声が響く！

スサノオの神社を潰せ。さもなくば人質は全員死ぬ！　奥出雲の神話の里を走るトロッコ列車がトレインジャックされた。

羽田圭介

5時過ぎランチ

ヤバい仕事の後は腹が減る――

ガソリンスタンドの女性ベテランアルバイト、アレルギー持ちの殺し屋、写真週刊誌の女性編集者……三人が遭遇した限りなく過酷で危険な〈お仕事〉とは？

※定価はすべて税込価格です(2021年10月現在)13桁の数字はISBNコードです。ご注文の際にご利用ください。

ずるっと亀頭が秘孔に入ってきた。圧迫の快感に、脳がくらくらとなった。

「私も、古手川さん用のワンフレーズポリティクスを考えます」

「いまはリベラル寄りがいい」

「いいんですか。後で言質《げんち》を取られませんか？」

「総理にしちゃえばいいんだ。なれるフレーズが欲しい」

「わかりました。融和と連帯とか……」

「そう、立共党の十八番《おはこ》をうまくリニューアルしたらいい」

「久しぶりに『絆《きずな》』とか持ち出しましょうか」

「それがいい。『繋《つな》がる』とかな」

槇尾が抽送を開始した。肉同士が繋がっていた。

「教授と私、融和しちゃいましたね」

繋がっている部分から、めくるめく快感が沸き上がってくる。天下国家を語りながらやるセックスは楽しい。

ぬちゅ、ずちゅ、と肉が擦れる音がする。東京タワーを見ながら、後ろから突かれるのは最高な気分だ。

晴美は目を閉じて、しばし快楽を貪ることにした。先の総選挙では、選挙区でこそ中林美香に敗れたものの、首都党の比例候補として復活当選を果たしている。

自分にとっては理想の当選だった。

選挙区そのものの陳情には、あまり関わりたくないからだ。

もともと、政治家になるつもりなどさらさらなかった。進歩的政治学者として、大所高所の視点から意見を述べることの方が性にあっている。

もちろん脚光は浴びたいが、現状でも承認欲求は充分満たされている。

交際する相手の職種も地位も問わないが、読書人であるということが、最低条件である。本を読まない男とは付き合えない。

無知な者と話すのは、正直苦手だ。

お高くとまっていると言われるだろうが、学者なのだから当たり前だ。知識と研究の高みを目指すのが、学者である。低いところから物申す学者はいない。

選挙期間中、多くのボランティアに応援してもらったことには感謝しているが、些末《さまつ》な依頼ばかりしてくるのには閉口した。

保育園や特養ホームの拡充、信号機の設置はまだわかる。

だが結婚披露宴への出席依頼や、子息の受験校への推薦状、好きな車輛《しゃりょう》ナンバーの取得依頼などとなると、もはや、うんざりである。

自分は、外交と防衛を専門とする国際政治学者だ。

そもそも公約として掲げたのは『子育て支援』でもなく『人生百年サポート』で

もなく『古手川涼子を総理に』だ。

それを実現さえすれば、おのずと好きな仕事を回してもらえるということで選挙に立った。

『金田市にスマートシティ構想を』は、いま肉交をしている槇尾洋蔵からの、強い要請と寄付があったからだ。

「槇尾教授、古手川党首を総理にするには、もう一度総選挙が必要になりますが。いつ頃と読んでいますか？」

肉層にずんちゅっ、ずんちゅっと老棹を差し込まれながら、晴美は聞いた。大事な目標だ。

「一年以内になると思う。民自党は末期状態に陥っている。総理の顔を何人かすげ替えて一新を図ろうとするだろう。だがあの党に、現時点でスター性のある人材はいない。誰をもってきても清新さも変化もだせまい。安藤真太郎の人気を超えられる人材はそうそういないよ。ダッチロールをしている間に、古手川さんの人気をさらにあげることだ。いまから、ふたり目の総理が誕生したあたりが、解散の時期になるだろう。選挙の洗礼をうけていない内閣は、党内をまとめにくいからな。おっとと」

槇尾の亀頭の尖端から、ちょろちょろと精汁が漏れてきた。

槇尾洋蔵、口角泡は飛ばすが、チンポから汁は飛ばない。

ここだけは、ちょっと気に入らない。

「あぁあああああん」

晴美は、自ら尻を激しく揺さぶった。肉が思い切り擦れる。じゅるじゅるじゅるっと、生温い汁が溢れてきた。

なんか違う。

つけっぱなしのテレビからは、奈良正道総理の辞任会見の様子が流れていた。

2

十二月一日　午後三時

「いまでも私は、感染爆発と東京オリンピックの開催は無関係だと思っています。マスコミの皆さんはその二つに因果を求めますが、エビデンスはまったくないじゃありませんか。メディアの偏った報道のほうこそ、国民に誤ったメッセージを発していたと思います」

奈良正道は辞任会見でも、自分の判断ミスを謝罪しようとはしなかった。

「もし、オリンピックを中止にしていたらどうでしょう。感染は収まっていたでしょうか。その方向性を示すエビデンスもありません。医療従事者が懸命に努力し、崩壊を防いでくれていたのはわかります。改めてここに謝意を表したく思います。ですが、もう一方で、どうしても社会経済活動を止めてはならない、というのもまた政府の任務です。感染対策の角度からだけの一方的な主張ばかりをメディアは取り上げてきたのではないでしょうか。そして、オリンピックが行われたことにより、たとえ無観客であっても全世界に日本の努力、日本のおもてなし精神はつたわったのではないでしょうか。アスリートの皆さんも力を発揮するべき場所を失わずにすんだ」

奈良の双眸《そうぼう》、唇などの端々から悔しさが滲《にじ》み出ている。

自分は頑張ったのだ――、感染対策ばかりを掲げるのは大衆迎合で、社会経済を回していかなければ、健康な人も生きていけなくなるのだ――、と言いたいのであろう。

事実、奈良は携帯電話の料金を大幅に下げ、先進国の中でも高いと言われた状況を脱している。また役所仕事のデジタル化などの改革も歴代内閣のなかではもっとも速いスピードで行い、もたつく役所にしびれを切らし、米国製薬会社にワクチン提供の直談判をしたのも奈良である。

いかにも実務型の総理として、仕事はしていたのである。ただ、この男には、やはり国家観というものがなかった。

「しかしながら総選挙において、国民は私にレッドカードを出したのだと思います。それは潔く受け止め、ここに職を辞することをご報告させていただきます」

カメラのフラッシュが飛び交い、けたたましいシャッター音が鳴り響いた。

美香は、議員会館でテレビを見ながら思った。

この総理に一番必要だったのは、やはり華だ。

安藤前総理の官房長官だった奈良正道は、この上なく優秀な番頭とされていた。その能面のような表情と手短とされた答弁は、能弁すぎると言われた安藤総理よりも、むしろ安定感があると評されたものだ。

それが総理となると、求められるものがまったく違ってしまう。

総理大臣に必要なのは、実務能力でも知性でもなく、カリスマ性なのだ。

翌日、民自党は総裁選を行うための選挙管理委員会をスタートさせた。

委員長は、塩見幸太郎である。

投票日は十二月十四日と決まる。

辞任発表から二週間後である。速攻で後任を選ぶ必要があった。

とはいえ、ここまで負けるとは誰も思っていなかった。

過半数維持が大前提であり、敗戦処理も含めて当面は奈良正道を続投させるはずだった。

与党過半数割れに、党内は大混乱に陥っていた。

有力者のほとんどが立候補をためらっている状況だ。

翌日、午後四時。

木枯らしが吹く中、美香は党本部へと向かった。

行き先はめったに入ることのない総裁室だ。

民自党の総裁は、イコール日本国の総理となるケースがほとんどだ。

そのため総裁室は存在しても、その主《あるじ》が部屋にいることは、めったにない。

執務室は官邸の総理大臣室となるからだ。

四階の総裁室にたどり着いた。秘書もＳＰも立っていなかった。

ノックする。

「はい、どうぞ」

奈良のしょぼくれた声がした。

扉を開けて、おずおずと入室する。書棚をバックに木製の厳《いか》めしい机があり、その横に国旗と党旗が飾られている。身だしなみを確認するためらしい姿見も置いてあった。テレビドラマの銀行頭取のような執務室だが、日頃使用していないせいか、調度品は重厚でも、どこか殺風景な印象だ。

奈良は巨大すぎる椅子に身を沈めていた。小柄すぎて不釣り合いであった。

「選挙中は、いろいろご迷惑のかかる発言をしまして、申し訳ありませんでした。勝つためとはいえ、党の代表を誹謗《ひぼう》することは許されません。どのような処分も受け入れます」

美香は深く腰を折り、床を見たまま型通りの謝罪をした。

辞任表明をしたものの、いまだ現職である総理に一対一で対面することなど、参院と合わせても二回生でしかない議員ではめったにないことだ。

ましてや美香は奈良派でもない。謝罪をするために面談を申し込んだのは美香の方だが、こうもやすやすと会ってくれるとは思ってもいなかった。

どうしてもやっておかなければならない儀式だからだろう。

「本来ならば、除名、もしくは一定期間、党員資格の停止を求めるところだが、逆境での選挙戦にしてしまったのは、確かにこの私に責任がある。非常に厳しい状況で議席を守るための方便であったと判断し、口頭による訓告にとどめる。今後はメディアや公衆の面前での総裁批判は厳に慎むように」

奈良も型通りの訓告をしてきた。

民自党の習わしである『阿吽《あうん》の呼吸』だ。

党本部は選挙中にすでに美香の発言を把握していたはずだが、一度も叱責されていない。それも選挙戦術のひとつとして認めていたのだ。

だが、堂々とラウドスピーカーで『奈良総理はノー』と叫んだ議員を叱らないわけにはいかない。

勘違いする若手も多くいるからだ。

美香が先に詫《わ》びる。そして総裁がそれを受け入れ、事実上の不問に処す。これはそうした儀式である。

「反党行為は二度としないと、お誓いします」

美香は腰を折ったままの体勢で、さらに頭を下げた。

背後で、扉が開いた。

「あんまり頭を下げ過ぎますと、パンツが見えますよ」

だみ声が聞こえた。選対委員長の塩見の声だ。

「黒はいかんよ。黒は……」

続いて、もうひとり別の男の声が聞こえてきた。

「はっ」

美香は慌てて身体を起こした。

振り返ると幹事長の西山義昭が入って来ていた。

「黒は穿《は》いておりません」

美香は毅然《きぜん》と返した。

「いやいや、本当に覗《のぞ》いたりしておらんよ。赤は他党のイメージ、黒は相撲《すもう》の敗《ま》けを意味するから、わしは嫌なだけだ。頼むからセクハラなどと言わんでくれよ」

西山がその太鼓腹をパンパンと叩《たた》きながら総理の横に進んだ。

「では、私はこれで」

美香は会釈した。

党の幹部が何やら相談するのだろう。総裁選についてに他ならない。

興味津々であるが二回生議員としては、ＴＰＯを弁《わきま》えなければならない。早々に退室することだ。

「中林先生、お待ちなさい。ご相談したいことがある」

「はっ」

美香は慌てた。

――何の相談だ？

「会議室へ」

塩見幸太郎が、総裁室から続く会議室の扉を開けた。

楕円《だえん》形の大型会議テーブルが中央に据えられている。二十人ほどは座れるテーブルだ。総裁不在でも、党の幹部会には使われているようだ。四方を囲む壁には歴代の総裁の写真が額に入れて飾られていた。

間もなく、奈良の写真もここに並ぶことになる。

ベテラン議員たちが言う『一丁上がり組』だ。

美香の出身地である世田谷区《せたがや》の区立小学校の校長室にも、大正時代からの歴代の校長先生の顔写真が飾られていたのを思い出す。昭和の中盤までは髭面《ひげづら》でつるっ禿《ぱげ》の校長が多かったものだ。

髭フェチの美香は、小学生の頃から、モノクロの髭面校長の顔を見ては萌《も》えていた。

いまでも、髭には萌える。そして濡れる。

――髭で全身のあちこちを撫《な》でられたらいいだろうな。

処女の癖にそんな妄想をいだいたりした。

民自党は昭和三十年の結党以来、二十五人の総裁を仰いでいるが、居並ぶ額縁を眺める限り髭面はいなかった。

つるっ禿もいない。

美香はつるっ禿フェチでもある。あの丸い形が好きだ。股間をくっつけて滑らせてみたくなる。

つるっ禿に口髭。

往年の映画スター、ショーン・コネリーの晩年の顔が理想のオカズである。

そんなことはどうでもよかった、
総裁の中でふたりだけ総理大臣になれなかった総裁がいる。そのふたりが総裁だったわずかな期間だけ、民自党は野党に転落していたわけだ。

それと同じ危機が間近に迫っていた。三度目の野党転落である。

「さてと」

いわゆるお誕生日席に奈良総理が座った。

その右側に西山幹事長、左側に塩見選対委員長が腰を下ろす。美香は、塩見の横に座った。

「今泉大臣の態度はどうかね」

西山が塩見に聞いた。

「貧乏くじは引きたくないと、はっきり断られました」

塩見が憮然《ぶぜん》と頬を膨らませる。

「過半数を取れると踏んでいた時には、しゃしゃり出ようとしたくせに、形勢が悪いとみると、すぐに背中を向ける。まったくなぁ」

西山が頬を撫でながら、奈良総理の方を向いた。奈良が、美香を凝視した。

なぜこれほど重要な会議に、自分が留め置かれているのか、わからない。

「今泉さんは、条件付きであれば出るのじゃないのか」

奈良が美香を見つめたまま言った。

「はい、中林先生が副総裁になるというセット案であれば、乗ってもいいと。アメリカの大統領選のスタイルを民自党の総裁選に持ち込みたいと。まぁ新たな話題は確かに必要ですわな」

塩見が答えた。

「なんですって！」

美香は素っ頓狂な声をあげた。

「それでいいじゃないか。今泉総裁、中林副総裁コンビで立ってもらう。二週間の間に、ふたりがテレビ局の報道番組に出まくると、イメージは相当変わる。私のことなどみんな忘れるよ。そのうえで、間髪おかずに、もう一回衆院を解散したらいい」

奈良がぼそぼそと言う。

「まさか。私はまだ二回生ですよ」

「民間から閣僚に登用された人物も過去にはいる。かまわんじゃないか」

西山も賛同の様子だ。総理辞任発表から三日の間にそういう絵図が描かれていたのだ。

そこで、けたたましく会議室の扉が開いた。

「わっ」

美香は息を飲んだ。

奈良総理も含めて全員が起立した。

前総理、安藤真太郎が入ってきたのだ。

「美香さん、それでいこう。安藤派の票はすべて今泉―中林コンビにまわす。だいぶ減ってしまったが、それでもわが派は、党内第一派閥だ」

「いやいや、今泉さんがどう言うか。それに対抗候補はもう決まっているのですか？」

美香はふらつきながら立ちあがった。へっぴり腰とは、まさにこのことだ。

「ちょっと待って」

安藤がスマホを取り出した。

「今泉さん、すぐに総裁室に来てくれ。中林君はＯＫだ。いや、私が中林君を連れて外務省へ伺ってもいいのだけれどね」

安藤が強引に言っている。

「二十分で来てくれるそうだ」

スマホを切った安藤がそう言い、テーブルに着いた。無造作に真ん中あたりの椅子に座ったのだが、不思議なことに、その席が座の中央になったように見えた。いまだ民自党の最高実力者は、この安藤なのだ。

「美香さん」

安藤はそう語りかけてきた。

中林先生でもなければ、中林君でもない。美香さんだ。美香が日東テレビで総理番記者だった頃から、そう呼んでくれていたが、ファーストネームで呼ばれると、なんともいえない親近感が醸し出されるものだ。

安藤は、情感を刺激することにもっとも長けている政治家といえる。ひとことでいえば、人たらしだ。

「副総裁とはどういうことでしょう？　常設ではない役職ですね。私には意味がさっぱりわかりません」

「民自党は、時々に副総裁を置いています。党三役に選対委員長と副総裁を含めて、党五役と呼ぶこともあります」

「はい、いちおう政治記者でしたから、その辺のことは存じております。ですが、副総裁を務める方は、三役と同じく大ベテランの先生方と相場が決まっていました。二回生議員が副総裁などありえません」

美香は常識論で答えた。

安藤は、保守派の重鎮でありながらも、ある意味型破りな政治家だ。常識が通じないのはわかっている。

「私は、もともと日本も大統領制にすべきだと思っている。それがまた二大政党制への早道だと思っている。議員内閣制から大統領制に移行させるなど、憲法改正以上に困難なことだが、民自党の中に、その空気感みたいなものを作り出したい。それが総裁、副総裁セットによる党員選挙だよ」

「お気持ちはわかりますが、全国百十万人の党員は戸惑うのではないでしょうか」

「まずは、やってみることだ。他党にもこの発想はない。民自党の多様性をアピールできる。対抗馬は誰が出てこようが、必ず勝てるようにする」

安藤が愛想よくウインクしてみせた。人たらしの本領発揮だ。

「党員も混乱などせんよ。むしろ爆発寸前の不満を吸収できる案だと私も思う。衣替えには確かに今泉さんだけでは、荷が重すぎるだろう。そこに女性副総裁というものが入ると、新鮮さが増す」

幹事長の西山も同じ意見だ。

西山や塩見の考えはわかっている。

副総裁と言えども所詮、お飾りと考えているはずだ。専門的な党務があるわけではないのだ。名称を変えた広報部長のようなのものだ。

美香は押し黙った。

こんな時は、クリトリスに聞くのが一番だ。テーブルの下で、太腿《ふともも》を擦り合わせた。寄せマンをしながら自身の本音を探った。

理性ではなく、クリトリスで考える。

「今泉大臣が、総理になっても、私は党務オンリーということですね」

無意識に、そんな言葉がこぼれ落ちた。自分でも何という大胆なことを聞いていているのだ、と内心焦った。閣僚ポストを欲しがっているように聞こえる。まさしく二回生議員の口に出すべき事項ではない。

奈良と西山が安藤の横顔を見やっている。

果たして、安藤も黙り込んだ。

閣僚ポストは、原則、各派閥への割り振りになる。ひとつは連立を組む光生党への配分と決まっている。このところ国交相が、光生党の指定席になっているはずだ。

安藤派の中には通称『お年頃』と呼ばれる当選六回以上の大臣待機組が大勢いる。参院でも当選三回の加原洋子辺りは、そろそろ軽量級閣僚のポストを割り振られてもいい年頃だ。

派閥領袖としても腐心せねばならない局面だ。

「お待たせした」

会議室の扉が開き、今泉正和が入って来た。

「どうもどうも、今泉先生」

わざわざ安藤が立ち上がる。年齢、議員キャリアにおいて、今泉の方が若干先輩にあたるのだ。

「とんでもない。中林先生にご依頼していただいて感謝している。なにせ、この方が私を総理へ、と叫んでくれたのが始まりだ。おかげで好感度がぐんと上がった。いや、奈良総理には申し訳ないが……」

今泉は、安藤の向かい側に腰を下ろすなり奈良に一礼した。

「かまわんさ。私が好感度を上げられないために、皆さんにご迷惑をかけた。ここは挙党一致で乗り切りたい。奈良派も今泉さんに票を投じる」

奈良が言った。すでに職を辞することを宣言したために、肝が据わっているのだろう。同時に派閥領袖としては、自派議員の閣僚枠を確保したいところだ。権力者たちの様々な思いが、この場に交錯していた。

「うむ。今泉派、奈良派、安藤派、それに西山派がそろったら、私としては安心できる。そして中林先生が副総裁候補となれば、地方の党員票もまとまるでしょう」

今泉が、美香に軽く手を挙げてきた。

なるほど、党員票か。老獪《ろうかい》な権力者たちの狙いがようやくはっきりした。

「神林先生が、出馬されるのですね」

美香は聞いた。神林慶永《かんばやしよしなが》。閣僚を三度、幹事長など党三役も経験しているが、安藤政権半ばから、非主流に回っている。党内野党と言える存在だ。

派閥議員は十五名ほどに落ち込んでいるが、最小派閥の石坂《いしざか》派の手を借りると、総裁選出馬の推薦人に手が届く。

国会議員票では、派閥主導で圧倒的優位を図れるが、党員票となれば、微妙な空気が漂ってくる。

民自党の中にも現在の主流派に灸《きゅう》を据えたいと思っている党員が多くいると考えられるからだ。

「間違いなく出馬してくる。しかし、今回は党員投票をパスするわけにはいかない。党員は、総裁選への投票権があるから年会費を払っているという者も多くいるのだ。前回は、安藤総理の急な降板による残り任期の受け継ぎということで、党員票は代表制にして逃げ切ったが、二度は続けられない」

幹事長の西山が言った。

それでルールを変えようということなのだ。美香は、安藤派ながら姑息《こそく》さを感じずにはいられなかった。

「神林先生も副総裁候補を立てねばならないということですね」

「そういうルールにする。おそらく同じような若手議員を選んでくるだろう。自派からではなく石坂派から候補を立てる可能性もある」

塩見が議員名簿を見ながら言っている。

石坂健介《けんすけ》は、たった六人の最小派閥を率いる領袖だが、ながらく政権の蚊帳《かや》の外にいたために、逆に清新なイメージもある。かつては重量閣僚や幹事長も務めたこともあり、国民的な知名度はむしろ神林慶永よりも高い。

「とはいえ、中林先生が入ってくれたら、まず大丈夫だ。僕は、総裁になり、そのまま総理になれたら、中林さんには副総理で入閣してもらう」

今泉が言った。

「えっ！　副総理」

美香が声を尖《とが》らせた。クリトリスもそそり立つ。

安藤他、党幹部たちも眼を見開き今泉を睨《にら》みつけた。今泉は動じなかった。

「みなさん、それはそうでしょう。安藤さんの唱える大統領選の空気感を吹き込むならば、中林先生を副総理にしなければおかしい。国民はそれで初めて、民自党が変わったと気づく。そこで、総選挙を打ち直したい」

強気で言い放っている。

わずかな間、沈黙が続いた。美香は息苦しくてたまらなかった。そっと股間に人差し指を這わせた。テーブルの下だ。誰も気づかない。クリトリスの当たりをツンツンと擦った。

「確かにその通り。そのぶんわが派からひとり削る」

安藤が折れた。何事も丸く収める天才である。

「ありがとうございます」

今泉が深々と頭を下げ、美香を向いてにやりと笑った、意味不明の笑いであった。場が収まったのを確認し、奈良が口を開いた。

「西山さん、塩見さん、それより首班指名への対策はとれているのですか」

首班指名。

正確には内閣総理大臣指名選挙という。

衆議院における内閣の首長、つまり総理を決める選挙である。過半数を取った議員が総理となる。

各党の党首の名前が書かれるのが普通で、現在の与党である民自党と光生党で過半数が取れていれば、何の問題もなかった。

だが、総選挙後の議席数は、民自党二百二。光生党二十九。合計二百三十一議席である。過半数に二議席足りない。

「保守系無所属の三名は確実に取り込んであります。場合によっては追加公認して入党させる手もあります」

選対委員長である塩見が答えた。

「しかし、もう一回選挙が来るとわかっているのだから、状況によっては、首都党に逃げないかね」

奈良が言った。ありえることだ。参謀に戻った奈良は、持ち前の洞察力を発揮している。総理としての大見得などは切れないタイプだが、選挙戦術には長けているのだ。

「水面下で威勢の会に、連立を打診しています。光生党の川口《かわぐち》代表も、今回ばかりは致し方ないというスタンスですな。夏柴《なつしば》幹事長がまとめてくれています」

西山が眉間の皺《しわ》を扱《しご》きながら答えた。長らく連立を組んでいる光生党への配慮は最大限にしなければならない。

本妻に対して妾《めかけ》を持ちたいと言っているようなものだからだ。

「そこは抜かりなく頼みたい。万が一にもわが党と光生党以外の党が、すべて手を組んだら、立共党の枝川正雄《えだがわまさお》が指名されてしまうことになる」

奈良が念を押した。

首都党や威勢の会がリベラルの立共党の党首に投票することなど政治信条からし

てありえないことだが、数の上では実現可能なのだ。

奈良のこの慎重さが、この一年のコロナ感染対策に向いていたならば、ここまで信を失うことはなかったかもしれない。

「抜かりなく」

西山が、胸を叩いた。

政治家は、どんなに自信がなくとも胸を叩くものだ。

美香はとにもかくにも、早くオナニーをしに個室に入りたかった。オナニーのことしか頭になく、この先の運命についてなど考える暇がなかった。

翌、十二月二日から十二日間。

美香と今泉正和は、国営放送、民間放送の主要報道番組のすべてに出演し、民自党の未来を語った。

過去のしがらみを清算し、民自党は生まれ変わると、盛んに喧伝《けんでん》した。

今泉正和は、元外交官らしい洗練された物腰で、野暮を売り物にしていた奈良前総理との違いを浮き立たせていた。

日東テレビは、美香の政治記者時代の映像を引っ張り出し、当時のリベラル政権の総理やその次の安藤総理に、鋭く質問を浴びせている模様を、繰り返しオンエアしてくれた。

ジャーナリストとして批判精神に富んでいたことを印象付ける、というかつての同僚津川の援護射撃だった。

おかげで、美香はマスコミから、日本のカマラともてはやされた。

アメリカのバイデン政権における副大統領、カマラ・ハリスに擬《ぎ》してのことだ。

高齢のバイデンに何かあれば、即座に大統領に就くという意味では、米国初の女性大統領に最も近い人物だ。

対抗馬には、予想通り神林慶永と石坂健介のコンビが立候補してきた。

だが、このふたり、初めから鮮度に欠けていた。

どれほど、熱弁を振るおうが、すでに知名度があるだけに、新鮮さに欠けたのだ。

そしてマスコミ的にも、あまり煽《あお》る材料がなかった。

所詮は民自党の古参議員で、突如現れた美香のような清新なイメージはなかった。

党員投票でも、対抗馬のふたりは伸びなかった。

現在の主流派に灸を据えたいという一定数の党員の支持はあったが、それ以上は広がらなかったのだ。

神林慶永は、いいことを言っている。

だが、神林でも、次の選挙にも負ける。

多くの党員がそう感じたに違いない。

結果として、美香というサプライズを仕掛けた安藤の戦略がまたも効を奏した。

党員投票でも圧倒的差で、今泉と美香のコンビが勝利したのだ。

両院議員による投票では、主流四派が推す今泉・中林が圧勝した。

二〇二一年十二月十四日

衆議院首班指名で、今泉正和が総理大臣となった。

無所属議員三名が、開会直前に、民自党入りを決心してくれたおかげで、過半数となったため、第一回目の投票で、決まった。

過半数を取れなければ、威勢の会の動きを待つしかないという緊迫した状況だったが、ぎりぎり事なきを得たということだ。

首都党も立共党への協力はしなかった。

「十二日間、ふたりがテレビに出続けたことが、三人の無所属議員にも、民自党は、息を吹き返すという印象をあたえたのさ。勝ち馬に乗ってくれた」

首班指名の前日、無所属議員の説得に当たっていた西山が、大きなため息と共に、胸を張った。

寝業師の勝利である。

そうした状況で、民自党は辛うじて政権の場にとどまった。

美香にとっての運命の日が刻一刻と近づいていたわけだが、この時点では、自分自身、知る由もなかった。

同日の組閣で美香は副総理に就任した。

弱冠三十七歳、当選二回の新人議員が副総理につくことになったのだ。

当選二回のうち一回は参院の比例単独だ。自分の名前で勝ったのは、ただの一度しかなかった。

——そんな私が、副総理でいいの?

自分の胸にも、疑問が渦巻いたが、考えないことにした。

兼務する省庁を持たない、副総理だ。本当に名ばかりの存在だと思うことにした。その方が気が楽だった。

兼務すべき省をもたないため、執務室は官邸に置かれた。

総理大臣室と官房長官室のある五階の隅に、副総理室を無理やり作ったのだ。それでも立派な部屋だった。

これまでの五人の秘書の他に、官邸職員や警視庁から派遣のＳＰまでついた。

この日から、美香は、ひたすらテレビ出演と地方遊説、新人議員の資金集めパーティに顔を出す日々となった。

やることはひとつ。選挙の顔になることだ。

一方、総理に就任した今泉は、独自のカラーを打ち出し始めた。

コロナ対策に傾注しつつも、映画や演劇の観客制限を全廃することから始めたのだ。

声を出さないイベントは、問題ないという判断である。スポーツやロックフェスも従来の七割までの動員を奨励した。

英国式の社会実験を開始したのだ。

奈良に比べて、運があった、と美香は見た。

今泉が就任した直後から、感染のピークアウトが始まったのだ。さらに今泉は、外交でも奈良よりも華々しさを見せた。

就任のあいさつに訪米し、ホワイトハウスで堂々と共同声明を行った。

英語でである。外交官出身の総理は語学が堪能《たんのう》であった。

それだけでも、奈良の地味な印象を塗り替え、安藤よりも知性的に見えた。米国の大統領が、今泉と似たタイプのバイデンに替わったことも、安藤時代とは異なった印象を与えた。

そうしたことから、民自党に対する意識も変わり出した。

イケイケの安藤、しょぼい奈良から官僚出身の理知的な総理に替わったことにより、党が落ち着きを取り戻したと感じ始めたのだ。

最初は、美香の副総理就任というサプライズのインパクトを頼りに動き出した今泉政権だが、今泉当人の人気は、じわじわと上がり始めていたのだ。

そんなときに、事件は起きた。

年が明けた二月十八日。

「今泉総理が亡くなりました」

秘書の矢崎から電話で唐突にそう告げられた。

美香が金田市の地元事務所に戻っていた時のことだ。

3

二〇二二年二月十八日　午後五時

「遅くなりました」

美香は官邸に駆け込んだ。

「お待ちしておりました。こちらへ」

エレベーター前で待っていた官房長官、相場宗助が、先導する。数人の補佐官が一緒だ。向かった先は総理大臣執務室だ。

外相の北条輝夫《ほうじょうてるお》と財務相の岩切純一《いわきりじゅんいち》がすでに待機していた。いずれも当選八回のベテラン議員だ。そのふたりが直立したまま待っている。

「いったいどうしたらいいのやら」

美香は素直に言った。気取ったところでどうなることでもない。

「まず、死因の発表の問題があります。死因をなんとするか」

相場が顔を顰《しか》めた。

移動中の車の中で、ＳＰの真木が警視庁の情報を教えてくれた。死因に不審ありということだった。

「どうしてこんなことに？」

「腹上死です」

相場が咳払《せきばら》いした。

立派な不審死だ。

「そのことは？」

「第一発見者のＳＰしか知りません。警察庁長官から直接私に電話があり、秘書と官邸職員でひそかに公邸に運びました」

相場が隣に立つ補佐官に目配《めくば》せした。

「ブラックタイム中のことですので、ホテル側にも箝口令《かんこうれい》を敷いて。我々が音響用の箱に入れて運び出しました。ホテルの搬入口をつかったので、マスコミや一般人には気づかれていません」

警視庁から出向の警備担当補佐官、大城武志《おおしろたけし》が説明してくれた。元公安部、外事二課長である。

今泉は、公邸で妻の康子《やすこ》と暮らしているが、息抜きに国会近くのKホテルに時々休憩に出る。

執務の合間に、仮眠をとったり、ひとりだけで政策を練ったりするためだ。総理だからこそ、マスコミに知られない自分だけの時間が必要といえる。

それがブラックタイムだ。

総理の公式スケジュールには現れない、コアなスタッフだけが知ることだ。総理だってセックスしたくなる時はある。

そのへんは美香も理解していた。

「しかし腹上死とは……そのときの状況は？」

「総理担当首席SPの岡田裕次郎《おかだゆうじろう》の報告によりますと、相手は銀座の女です。新川《しんかわ》恵里菜《えりな》。三十歳。お相手をしたのは初めてのようです。彼女が入室したのが、十二時五十分。彼女が蒼《あお》ざめて、部屋の扉を開けて、SPを手招きしたのが、十三時四十分です。森川《もりかわ》という担当SPが入り、ベッドで仰臥《ぎょうが》したままの総理を確認しました。すでに脈がなく、体温も三十四度まで下がっていました。騎乗位中に『心臓が苦しい』と、叫んだそうです。先ほど警視庁の監察医が検視を行いましたが、外傷はなく、急性心不全であろうと。毒物の可能性も捨てきれませんが、司法解剖をするとなると、マスコミに嗅ぎつけられる可能性があります」

美香は聞いた。

「お相手の女性は、どうしているのですか？」

「警備部で確保しております。刑事部が入ると、保秘が難しくなりますので、公安が所有している隠れ処《が》で、聴取しております。マスコミはじめ対外工作が完了するまでは、協力してもらうことになっています」

なるほど警備部の発想だ。

ＳＰと公安は同じ警備部に属する。捜査を主体とする刑事部とは異なり、外部からは見えにくいベールに包まれた部署である。

刑事部が入ると、保秘が困難になる——。

大城はそう言った。確かに殺人などの容疑で捜査一課が入ってくると、マスコミに動きを察知されることになる。

かつてテレビ局の報道記者だった美香は、捜査一課長担当が、二十四時間、その行動を見張っていたことを知っていた。

「警視庁の見立てとしてはどうなのでしょう?」

美香は大城に聞いた。

「腹上死で間違いないと判断しています。テロを含む事件性はないかと思います」

大城は下を向いて、ぼそっと言った。

腹上死か……ジェントルマンでならす今泉正和、最後の最後で、名を汚す死に方をしてくれたものだ。

「ご家族のご意見は?」

「康子夫人は、可能な限り総理の名誉を守って欲しいとおっしゃっています」

官房長官の相場が毅然と答えた。

「北条大臣と岩切大臣のご意見は?」

この場合、全員の意見を聞いておきたい。

「事件性がないのであれば、わざわざ醜聞をつくる必要もあるまい。誰か、その銀座のホステスを言いくるめられるのかね」

財務相の岩切が細い目を尖らせて言う。

「それは、私と西山幹事長にお任せを」

相場が胸を張った。裏処理の専門家だと言わんばかりだ。

　そこへ、小走りに西山義昭が飛び込んできた。

「わやなことになったな。どう発表する？」

　息を弾ませ、西山が美香を見た。

「いま、大臣、長官と相談しましたが、総理は公邸で心不全でなくなったと公表してはどうかと」

　美香がまとめた。

　副総理たる自分が言うしかないのだ。

「最善の判断だと、わしも思う。それでだな……」

　西山が狡猾《こうかつ》そうな視線で一同を見回し続ける。

「こうした場合、副総理が総理の任務を代行し、速やかに次期総理を選出するということだが……」

「はい、出来るだけ早期に総裁選を」

　美香は言った。

　この場合、総理代行になることは避けられない。過去にも任期中に総理が急逝《きゅうせい》したケースはあるが、いずれも官房長官が代行している。こうした内閣は職務執行内閣と呼ばれる。

「それはこれまでの規約では、だな」

西山が再び一同を見回した。

「はい？」

外務大臣の北条が目を丸くした。

「この前の民自党の総裁選は、米国大統領選に倣って、総裁―副総裁のコンビで選出された。副総裁は、任期中、総裁が任務遂行できなくなった場合、これに取って代わる。米国の副大統領と同じ責務を背負っておる。わが党の総裁任期は三年。まだ二年十か月も残っている。副総裁を総裁として仰ぐのが筋ではないかね」

歌舞伎役者が見得を切るように、ぐるりと執務室内を見回した西山の視線が、美香の前でぴたりと止まった。蝮《まむし》のような目だ。

「そんな！」

美香は短く悲鳴を上げた。クリトリスは内側に窪《くぼ》んでしまいそうだ。

「確かに道理《どうり》だな」

岩切純一が軽く手を叩いた。

「総裁選をせず、中林副総理をそのまま総裁にあげ、改めて国会で首班指名をしてもらう。それで筋は通る。同時に我が国初の女性総理が誕生することになる」

北条輝夫も同意した。

「民自党のイメージは刷新される。これで選挙に勝てるというものだ」

「嘘《うそ》でしょ。そんな簡単に、総理って決めていいんですか」

美香は涙目になりながら抵抗した。

「結果論だが、これで古手川涼子の野望も打ち砕かれることになる。首都党は目標を失い、空中分解するさ」

西山がパンと手を叩いて、締めた。

数日後になるだろうが首班指名を受けると、自分は日本国初の女性総理となる。

日本国、第百一代内閣総理大臣だ。キリのよい代での男から女への政権交代。

これまさしく「性権交代」であった。

今泉正和逝去の発表は、その日のうちになされることになった。

相場と西山で、台本が作られ、事務方が密《ひそ》かに動いた。

午後五時、公邸に東京消防庁が仕立てた特別救急車が入り、信濃町《しなのまち》のK大学病院に運ばせた。

救急処置室に、今泉の遺体が運ばれ、主治医である樋口寛治《ひぐちかんじ》教授が処置を施すという体裁を整えた。

死亡時間は三時間三十分ほど遅らせ、午後五時二十五分と発表された。

ストレス性急性心不全。

樋口教授はあえてストレス性という冠を被《かぶ》せた。この時点でK大学病院へマスコミは急行し、病院正面は混乱した。

ここで、国営放送と日東テレビに、内閣広報官が先行リークした。

【本日午後五時過ぎ、今泉正和総理急逝】

両局によって、速報が打たれた。

通信社が続報を放ち、午後六時には、街角の大型ビジョンにも大々的に『総理死す』の文字が躍った。

蒼ざめて、官邸入りする閣僚らの姿が、次々に映し出される。美香に関しては過去映像が流され『総理代行は中林美香副総理』とテロップが付けられた。

午後七時。

国営放送の七時のニュースの時間に合わせて、総理官邸はプレスリリースを配信。午後九時から、官房長官、副総理、K大学病院外科部長、内閣府事務次官によって会見が行われた。

樋口教授が『一か月前の定期健診で不整脈の兆候を認めていたが、軽度だったので観察することにした』と発表した。実際、その兆候はあったそうだ。

この場で、美香はあらたな総理が選出されるまで、本内閣は職務遂行内閣となると国民に伝えた。

野党各党首は、弔意を示し、次期総理決定までの期間は、内閣に協力すると声明を出した。事実上の休戦協定である。

午後十一時、民放の報道番組に出演した西山義昭が、党の方針を説明した。

「民自党は、党規約に則《のっと》り中林美香副総理を総裁に繰り上げ、首班指名に臨む。ルールはルールだ」

国民の九十九パーセントがのけぞっただろうと、美香は想像した。

第四章　国会議事堂で二発

1

二〇二二年二月十九日

「冗談じゃないわよ。なんであんな女が総理になるのよ。絶対に首班指名を阻止してよ」

立共党の参議院議員、切田蓮子は台座に尻をのせ、赤のスカートスーツのまま、両脚を大きく開いていた。国会議事堂中央広間の像のない台座だ。

「とにかくわが党のためにも、二十人は割らせてみせる。こっちは党の存続にかかわる問題だ。古手川党首からも絶対に多数派工作をかけろと言われている」

首都党の一年生議員、立川新之助《たつかわしんのすけ》が腰を送り込んでくる。太棹《ふとざお》が、くわっと蓮子の秘孔を押し広げた。

「あんっ」

気持ちよさに、さらに股が開き、スカートの左右のスリットがビリリと破けた。

「先生、たのみます。喘《あえ》ぎ声だけは押さえてください。誰もいないとはいえ、ここやたら、声が響きます」

立川がきりりとした顔で言う。

「うん、わかった」

大隈重信、板垣退助、伊藤博文の三人に見下ろされながらの肉交だった。

国会は閉会中。日曜日とあって議員たちは地元選挙区に帰っているため、議事堂は閑散としていた。

多くの議員が、一度はやりたいと思っている中央広間の台座だ。

昨日、今泉総理の急逝が伝えられたため、国中が大騒ぎとなっている。

ボロをまったく出さないままに世を去った今泉は、まさに死して名を遺《のこ》す形となった。

テレビでは、昨夜から繰り返し今泉正和の半生記が流されていた。

それはいい。

だが、選挙の顔としてのみ用意されたはずの二回生議員の中林美香が、そのまま総裁に繰り上がり、あろうことか首班指名を受けようとしている。

我が国憲政史上初の女性総理の誕生だ。

そんなことはあってはならない。

蓮子は強烈な嫉妬に駆られていた。

「おっ、切田先生、締まる。凄《すご》い」

立川の顔が歪《ゆが》んだ。鼻孔が開き、荒い息がかかってくる。

「もっと突いて、もっと擦《こす》って。参議院の立場では、どうにもならないのよ。衆議院の先生たちで何とかまとまってもらわないと」

蓮子は膣《ちつ》袋を締めた。電流のような快感が四肢を駆け抜ける。

「おぉっ」

立川がちょっと漏らした。子宮のあたりに、ぬぱっ、と精汁がかかる。立川は、昨年の総選挙で首都党が揃《そろ》えた有名人候補のひとりだ。

この男は、ファッションデザイナーで三年ぐらい前から通販番組に出演したことで一気に知名度を上げた。

発表する女性ものカジュアルが、ノーブルでOLや若い主婦層のニーズに合致したこともあるが、何と言っても、その端正な顔立ちと、ホストのように徹底的に女性を褒めまくる語り口で大ブレイクしたのだ。

二年前に発表した美肌クリーム《新之助ホワイト》は、通販史上空前のヒットになっている。

神奈川十九区から出馬したが、現職の民自党議員を破り、ぶっちぎりで当選していた。

もちろん公約は『古手川都知事を総理に』だ。

蓮子は、立川が当選した段階から接触していた。もともと《新之助ホワイト》の愛用者であったし、立川の事業家としての手腕も買っていた。

他党であれ、使えそうな議員とは積極的に交わるのが政治家というものだ。

「一回出しちゃいなさいよ。つづけてもう一回したらいいわ」

「いや、もう少し堪《こら》えたいです。ドバっと新之助ホワイト」

立川が猛烈に尻を振り立ててきた。

パンパンパンッという土手同士がぶつかる音が、石造りの議事堂に響き渡る。

「んんんっ、いいっ。あなた古手川さんとも、さんざんやっているでしょう」

蓮子は土手を押し返しながら、聞いた。

嫉妬すると、余計に感度が増してくる。

古手川涼子と立川新之助が都庁から、新宿の灯《あか》りを見ながら駅弁スタイルとかでしているのを妄想すると、もっと燃えてくる。

「やってないですよ。というか、党首は権力欲以外の欲はないように思います。性欲とか食欲とかどうでもいいという感じですね。欲しいのは権力。それだけです」

立川が腰を振りながら言う。

すでに漏れているのだが、漲《みなぎ》りは増している。精汁を飛ばしながら硬直を増すなど信じられないタフさを持った男だ。

政界にはこうした並外れた精力を持った男が多い。尋常では生き残れない世界に生きているからだろう。

「野党全党が、まとまってうちの党首の名前を書いてくれても、過半数には二票足りないのよね。無所属の三人が民自党入りしてしまったから……民自党の内部分裂を誘いたい。なんとしても誘いたいわ」

蓮子は立川の尻を抱きかかえながら言った。

「そうなんです。民自党から二人、できれば五人こぼれてきたら、中林美香の過半数を阻止できます。首都党も必死に工作していますから、立共党さんも、赤翔党や威勢の会は鉄板にしてください」

立川がピッチを上げてきた。

凄い迫力だ。

パンパンパン。

「お願い、駅弁で、三人の立像を回って」

「なんてこと言うんですか」

「ご先祖様に、私を先に総理にして、とお願いするの。真ん中の孔を突かれながらお願いすると、効くような気がする」

「それ、どんなおまじないですか」

と言いつつも、立川は蓮子の尻を持ち上げてくれた。

立川はスーツを着たまま、ファスナーだけを開けて、肉を繋《つな》げている。蓮子はノーパンだが、スカートを穿《は》いたままなので、すぐに裾を引いたら隠すことが出来た。

誰か来たら、すぐに体を離し、像を見学しながら政策協定の相談をしていたと言えばいいのだ。

「わっ、深く入った」

尻を持ち上げられ大隈重信の像に向かってズンズン突き上げられた。

「いや、俺もいい気分です。大隈公、母校の創立者です。その人に向かって、抜き差ししながら接近するのって、なんか、大隈公を乗り越えていくような気がします」

――私もおかしいが、立川も相当なすっとこどっこいだ。

大隈が立てた大学の卒業生は、政界にも多いが、変わり者が多い。

そうか、そういえば、中林美香も大隈の大学だ。大隈、気に入らない。

「立川君、板垣退助に移って」

めくるめく快感に酔いしれながら、蓮子は立川の耳もとに囁《ささや》いた。

「はい、はい。これまた厳《いか》めしい顔をしてますね」

駅弁スタイルのまま、板垣退助の前に進んだ。蓮子は尻をむけたままだ。

「板垣退助で昇《い》きたい」

板垣の名言が頭をよぎったからだ。

「同感です。僕もそこで果てたい」

お互い同じ言葉を言いたいみたいだ。

「いやんっ、わっ、凄い突き上げ」

蓮子は真下の床に、ポタポタととろ蜜を垂らしていた。

「では、ここで」

立川は、蓮子の尻を板垣退助の足元に載せると、鬼のようなピストンを送り込んできた。

「あうぅうう、死ぬ、死んじゃう」

すぐにイキそうになる。左手を伸ばして、銅像のステッキを摑《つか》んだ。板垣退助だけが、ステッキを持っているのだ。

握るとそこそこ太い。

「あぁあ、これを入れているみたい」

蓮子は、ほとんど正気を失っていた。

「アンポンタンなこと言わないで下さい。入っているのは、間違いなく俺の棹ですから……ってか、俺ももう死にます。しぶきます！」

「あぁあああ」

子宮の上に、ドバっと精汁が飛んできた。第二波、第三波と続いてくる。

「死ぬううう。切田、死すとも、自由は死せず。蓮子、昇くとも、質問は消えず」

これを言いたかった。

「うわぁあああっ。立川、死すとも、精子は消えず」

バカがふたりで、絶頂を迎えていた。

「今泉総理、もったいなかったな。これから安藤さんを抜く、長期政権になったかもしれないのにな」

衆議院の方から、男の声が聞こえてきた。議員ではないだろう。国会の職員か秘書といったところだ。中央広間の方へ足音が近づいてくる。

「それで、安藤さんや奈良さんが相当カチンときてたんだろ。今泉、中林コンビで、とりあえず一年ぐらいつないで、コロナが終息したら、もう一度、安藤総理、奈良副総理コンビで、本格政権を再編成しようと企《たくら》んでいたのに、今泉さんが、神格化されちゃった。これで、総選挙をやって、大勝ちしちゃったら、安藤さんの出番なくなっちゃうものな」

別な男の声がした。

革靴の音がどんどん近づいてきた。

蓮子と立川は、板垣退助の足もとで、繋がったままだった。

「抜いて、早く抜いて」

蓮子はスカートの裾を引いて身構えた。髪型こそ多少乱れているものの、上半身は脱いでいないので、自分は肉の繋がりを解いて、床に飛び降りるだけでいい。

「無理っす。いま流し込みの最中ですから。んんんんっ」

立川は、唇を噛《か》んで、ぶるぶるっと身体《からだ》を震わせている。膣袋の中に、第五波、第六波あたりが、束になって飛んできていた。

「なんか、安藤派の連中が、今泉さんに出過ぎるなと、プレッシャーをかけていたって噂《うわさ》だ。今泉さんは今泉さんで、安藤さんのアキレス腱《けん》である、夫人の立件をちらつかせていたらしい。元総理の名を出して便宜供与に関わっていたのは間違いないから。でも心臓に相当負担がかかっていたんだろうな」

最初の男の声と共に、ふたりの靴音が、すぐそこまで近づいていた。

「もうだめっ」

蓮子は、勝手に腰を引き、股の真ん中から、太い芯棒を抜いて、床に飛び降りた。

蓋のなくなった膣口から、大量のとろ蜜が零《こぼ》れ落ちる。

それより、立川が大変だった。

「わわわわっ」

突き出た砲身から、まだ白い液が飛びっぱなしだった。

「板垣さんに近づいて」

蓮子は立川の腰を押し、銅像の台座と身体をくっつけさせた。陰茎さえ見えなければいいのだ。

「んがっ」

立川は、板垣退助の台座に、ぶちまけていた。憲政の常道に反する行為だ。

「そういうわけで、古手川都知事には、よろしく言ってちょうだい。野党がいろいろ言うより、都知事の方から言ってもらう方が、いい場合もある」

さも打ち合わせをしていたようにふるまった。

「承知しました。古手川都知事にはすぐに取り次ぎます」

立川が答える。亀頭の尖端《せんたん》が台座にぴったりくっついていた。冷たくないだろうか。

「これはこれは、切田先生と、立川先生。お休みの日も、政策談義ですか」

民自党議員の古参秘書ふたりだった。

「はい、野党の控室は狭すぎましてね。聞かれてもよい案件なのでここで堂々、首都党さんと打ちあわせしておりました」

まん汁を垂らしながら、言い訳した。

天井のステンドグラスから日が差し込んでいた。

「いやいや、私どもこそ、変な噂話などしており、失礼しました。お耳に入ったならば、お聞き捨てください。根拠のない噂話でございます」

古参秘書のひとりが言った。

「永田町ではよくあることです。噂を流して、ない話をつくることもありますよね。私、民自党さんの内紛には興味などないです」

ガセネタを院内で吹聴《ふいちょう》し、あえて混乱を引き出す手を、秘書たちはよく使う。あからさまな話にはのらないことだ。

秘書たちは、バツの悪そうな顔をして、参議院側に歩いて行った。

その後ろ姿を見て、蓮子は閃《ひらめ》いた。

「民自党の女性議員に寝返らせるのよ。女は女に嫉妬するの。立川君、首都党の色男軍団で、民自党のおばさま議員たちに、どんどん吹き込んだらいいわ。あなたの方が先に総理ならなかったらおかしいって。とりあえず一旦阻止しませんかって」

「ありますね、その手。どの道、うちの党首は、都知事を捨てて、国政に復帰しない限り、総理の芽はない。次の総選挙まで待たないといけませんからね」

「そう、いまは民自党の女たちは、さぞかしむかついているところよ。古手川さんにとられた方がよっぽどマシと。立川君、五人、寝取ったらいいのよ」

女の嫉妬心はよくわかる。自分がそうだからだ。

「やってみます」

立川が、ようやく射精を終え、砲身をズボンの中に仕舞った。

2

「今泉総理の死に方、どうも気になるのよ」

美香は、SPの真木洋子に、それとなく伝えた。官邸から自宅のある桜新町《さくらしんまち》に戻る公用車の中だ。

霞が関インターから首都高にあがり、三号渋谷《しぶや》線との合流地点であった。陽《ひ》が暮れて、前方から六本木《ろっぽんぎ》の艶《なま》めかしい輝きが近づいてきていた。

「腹上死ですね」

真木が頰に手を当て、ルームミラーに視線を這《は》わせながら言った。副総理専用車には、ドライバー用のルームミラーの他に、SPが座る位置から見える角度に直せるもうひとつのルームミラーがある。真木は常に後続車と左右の車線、対向車に気を使っている。

助手席には、私設秘書の川村由紀奈が座っていた。日常のこまごまとした雑務は参議院議員だった時代同様、由紀奈が受け持ってくれている。芸能人の付き人のような存在だが、その任務を由紀奈は楽しげに務めてくれていた。

「今泉さんと腹上死。どうもキャラクターとの間に違和感がありすぎる。本当にそうだったのかしら」

死の状況を聞いたときから、ずっとそう思っていた。

「日頃の振る舞いが紳士的で、スノッブな雰囲気に包まれていたとしても、人の本性はわからないものです。そういう方がDVを働いていたケースもままあるのです。刑事をやっているとそれがよくわかります。どんなに明朗快活に見える人でも、こころの中には闇を抱えているものです。それと昨年十一月のテロ事件、あの件と何か関連があるのかも知れません」

真木がそう言うと、助手席で由紀奈が大きく頷《うなず》いた。由紀奈はこまめにスマホをタップしていた。第一秘書の矢崎や第二秘書の船本へ、逐一、美香の移動状況を知らせているはずだ。

「うん。それはよくわかるんだけど、司法解剖はしてもよかったような気がするの。私だったら、奥様に、そう進言するんだけどな。公表せずに解剖することは、官邸、警察、家族が一体になったら出来ると思う。例えば、公邸の一室を処置室に使うとか……一国の主《あるじ》なんだから」

　美香は、正面を見据えたまま言った。

　本音は、言外に隠してある。警察の始末の付け方が早すぎたような気がするのだ。妻や政治家たちが事を荒立てたくない気持ちはわかるが、警察だけは、もう少し死因の解明を深堀りすべきではないのか。

　それにまだ、テロ事件の犯人も行方知れずだ。

　金田市の駅前ロータリーで当時の外務大臣が襲撃されたというのに、いまだに犯人の身許《みもと》も行方も知れずというのは、それはそのままこの国の警察力の低下を示していないだろうか。

　警視庁では、捜査支援分析センター（ＳＳＢＣ）の発足以来、主要道路や駅構内の防犯カメラの映像を繋ぎ合わせ、犯人の逃亡経路を割り出す捜査が充実しているはずではないのか？

すでに事件から三か月。

もとより、外国人のテロリストだ。

国外に逃亡してしまった可能性が大きいが、足取り自体もまったくつかめておらず、警視庁に確認するたびに『鋭意捜査中』との返答しかない。

総監の首を締めあげてやりたい思いだ。

「閣下のおっしゃりたい気持ちはわかります。ですが、一国の主だからこそ、死の真相を曖昧にしてしまった方がいいということもございます。SPをしていると、そう思うこともあるのです。第一発見者の森川SPが、直感でそう判断したのかも知れません」

含みのある言い方だった。助手席の由紀奈も一瞬振り返った。

それよりも驚いたことを先に聞いた。

「閣下ってなによ」

美香は口を尖《とが》らせた。小ばかにされた感じを受けたからだ。

「中林副総理が、総理になった場合、そう呼ぶのが正しいかと」

真木が真顔で言う。

たしかに警察や自衛隊が総理大臣を、時に閣下と呼ぶのを何度か見ている。

「やめてよね。洋子ちゃん。そんな呼び方したら異動してもらうわよ」

冗談めかして、そう言ってやる。同じ歳《とし》ということもあり、美香は真木洋子に気を許していた。

常に毅然《きぜん》としたキャリアだが、どこかユーモアがある。それに何より、やたら股間を刺激しているところが、自分の性癖と似ている。

ひょっとして処女か？　処女刑事《デカ》とか？

「ですが、副総理、私の方は美香ちゃんとは呼べませんよ」

真木が、真顔で返してきた。真顔なのがいい。黒のスーツパンツに包まれた両脚をさかんに組み替えていた。寄せマンしているに違いない。

「ふつうに総理じゃダメなの？」

「では、そうします」

真木が頷きながら、またルームミラーを見る。スマホを取り出し、メモ画面に番号を打ち込んでいた。

車輛番号《しゃりょう》らしい。

美香も自分のスマホを取り出した。真木あてにメールを打つ。

【尾行でもされているのかしら】

由紀奈やドライバーには聞かれない方がよいと思ったのだ。

【わかりません。しかし、やたら車間距離を狭めているのが気になります。たぶん、

間に他の車輌を入れたくないんでしょう。いま、交通課に照会します】

真木が番号を送信した。画面が閉じられた。足を組み替えている。クチュっという音がした。

さりげなく真木の横顔を覗《のぞ》くと、頰が少し赤くなっていた。

美香はすかさずメールを打った。

【ねぇ、オナニーってする？】

同性で、しかも同じ歳だったから聞きやすかった。

「えっ、なんですか、いきなり」

真木がしどろもどろになって、声をあげた。

「しっ」

美香はスマホを指さした。メールで語ろうという意味だ。美香はラインよりメールが好きだ。

公用車は、六本木の交差点を越え、西麻布界隈《あざぶかいわい》を通過していた。一国の総理が死亡したとしても、世間は平然と、昨日と同じ日々を過ごしているのだ。

時は常に更新され、過去は闇の彼方へと消えていくのだ。

代わりに、人々は光の未来へと絶え間なく突き進んでいく。

美香もそのひとりだった。

あまりにもその光の洪水は眩《まぶ》しく、目を覆いたくもなる。だが、もはや逃げられないのだ。一瞬の逃避をしたい。

【洋子ちゃん、お願い、エロ話に付き合って】

息が詰まるほどの、プレッシャーから、ひと時でも解放されたい。そんなときはエロ話とオナニーだ。

秘書の由紀奈とは無理だ。主従の関係が乱れることになる。

自分の周囲の中で、最も口の堅い同性。それがSPの真木洋子だった。

「はい」

察してくれたのか、真木がスマホを眺めながら頷いた。

【いまオナニーしてたでしょう。股間がクチュクチュ鳴っていたわよ】

【無意識に股を寄せていました。女の本能ですね。部下に、やたらと机の角に股間を押し付ける女がいまして、それを見ている間に、自然に伝染してしまったんです】

真木が返してきた。

ドキリとするほどエロっぽい話だ。

【洋子ちゃん、クリ派？】

【もちろんです。アナ派って少ないと思います。合わせ技としてはあり得ると思い

ますが、孔だけ擦っていくのは、なかなか難しいのではないでしょうか】

青山《あおやま》学院とコカ・コーラの看板が見えてきた。

渋谷まで間もなくだ。

由紀奈が一度振り返って、怪訝《けげん》な顔をした。今泉の死に方について語っていたふたりが急に黙り込んだので、不思議に思ったのだろう。

どちらもメールを打っていると知って、納得したようだ。

まさか副総理とそのＳＰが、オナニーについてメールで意見交換をしているとは思うまい。

【同感。というか私ね、実は男との経験ないの……】

美香は告白した。

昨夜から誰かに言っておきたい気がしていたのだ。

日本初の女性総理は、処女だったと。決して公表すべきことではないが、歴史の断面として誰かに知っておいてもらいたかった。

これは自意識過剰というものか。

真木からは、思わぬ返事がかえってきた。

【私は、女性同士という趣味は持っていません。とはいえ、男性経験が豊富というわけでもありません】

美香は慌てて打ち返した。

【いやいや、私も誘っているわけではないのよ。そっちの経験もゼロだから。つまりオナニーオンリーなの】

知って欲しいのはその点だ。

【エッチのおひとり様ですね】

上手《うま》い表現をする。

【うん、これさえあれば相手はとくに要らない気がする。洋子ちゃんは？　お相手いるの？　あらこれはセクハラね。まるで、デリカシーのないおっさんだわ。この質問は撤回します】

美香は素直に謝った。

【いません。と言うか、私、恋愛をしたうえで男女の関係になったことがないんです。すべて事故】

真木はそんなメールを寄越した。

俄然《がぜん》、興味を持った。処女には、よくわからない。

【どういうこと？　事故セックスってあるの】

池尻《いけじり》界隈まで進んでいた。左手に天空庭園があるあたりだ。

【捜査中に、処女膜が殉職しました。女刑事には、そういうトラブルもあります】

「わーっ、信じられない」

と美香は声をあげた。声をあげると、また由紀奈が振りむいた。

「なんでもないの」

と断り、またまたメールを打ち返した。

【それ、どんな男よ】

【七年前の民自党の幹事長ですよ。逮捕直前にもみあいになって、挿入されました】

「あー」

思い出した。売春組織と関係のあったとされる男だ。幹事長の杉浦大二郎《すぎうらだいじろう》。七年前、美香がまだ日東テレビにいた頃に、警視庁が奇襲したという噂を聞いたが、曖昧なまま終わった事件だ。

もう七年経《た》つのか。月日の流れは早い。

【それ、訴えたら】

【捜査中の事故と自分で納得していますので、表沙汰にはしたくないのです】

【いきなりすごい告白。驚いたわ。どうしてそれをいま話す気になったの】

【総理が処女だと告白したので、守秘義務を貫くという意味で、私も告白しました。信頼とは、常に同等の秘密を共有することから、スタートするのだと思います】

これは凄い出会いだ。

元処女刑事と間もなく処女総理になる女が、出会ったのだ。

【あの捜査、裏処理ってこと？】

政治にも行政にも、裏と表がある。当然、警察もきれいな捜査ばかりをしているわけではない。

【政治が絡む捜査は、よきにつけ、悪《あ》しきにつけ半分ぐらいが裏処理になります】

【昨日の件もそうだったのかしら】

【わかりません】

オナニーの話から、よくここまで戻れたものだ。

【総監にも内密に、この件、調べてもらえないかしら】

【総理特命ですか？】

【そういう命令を出してもいいのかしら】

美香は首を捻《ひね》った。

【総理命令は、どの行政機関の長よりも優先されるはずです。総理が内密に捜査しろと言えば、私はそのようにします。ただし命令書はいただきます。総監に隠れて動くのですから、当然、発覚した際、総理命令だったという証明書が欲しいです。絶対に保秘します】

【わかりました。指名されたら直ちに、私が直筆の命令書を出します。内閣総理大臣の印を押して】

「畏《かしこ》まりました」

真木が背筋を伸ばして言った。

二軒茶屋《にけんぢゃや》出口が見えた。公用車はゆっくりとスロープを降りた。玉川《たまがわ》通りと世田谷通りの合流地点に着いた。

真木の視線が、ルームミラーに戻った。険しい顔つきだ。助手席の由紀奈も気づいたようで、盛んに左側のサイドミラーを覗いている。

【同じ車？】

美香はまたもメールで聞いた。真木が頷いた。

とそのとき、真木のスマホに別なメールが入った。真木が開いた。すぐに美香に返信して寄越す。

【あの車の所有者、朝陽トラベルですね】

警視庁の交通課からの返事だったようだ。思わぬ社名が飛び出してきたものだ。

【あら、首都党のスポンサーの槇尾洋蔵さんが、社長になっている会社だわ】

美香はわざと真木に報《しら》せた。

【今泉総理の死因と、合わせて調べさせていただきます。単独捜査になるので、し

ばしお時間を】

【時間がかかっても、かまいません。別に事件化して欲しいわけでもありません。総理として、真相を知っておきたいだけです。何故、朝陽トラベルさんが、私の行動を知りたいのかも含めてね】

　美香はため息まじりで送信した。

「なんだか、疲れたわ」

　美香はシートに深く身を沈めた。

【総理、オナニーを。気分転換になります。お付き合いします】

　横を見ると、真木が、スーツパンツの股間にスマホを差し込んで擦っていた。まさかSPとオナ友になるとは思ってもいなかった。

　美香は、助手席の由紀奈に悟られないように、スカートの脇ファスナーを開けて、右手を差し込んだ。パンストの中心部が生温かくなっていた。人差し指をくの字に曲げて、溝全体を掻《か》いた。

　隣から真木の小さな喘ぎ声が聞こえてきた。

　玉川通りは渋滞していた。リモートワークが奨励されて以来、都心部よりも住宅街近辺の幹線道路の方が混むようになった。

　都心回帰への政策を打とうと美香は考えていた。仕事とプライベートは別がいい。

桜新町までは、まだだいぶある。じっくり昇り詰めたい。

美香は、自分自身を焦《じ》らすように、最初は軽めに溝を擦り、続いて、花を広げようと指をワイパーのように動かした。

瞑《つむ》った瞼《まぶた》の裏に、日東テレビの津川浩平の顔が浮かぶ。

不思議とあいつの陰茎のイメージは浮かばない。津川の指が、花を弄《いじ》っているような妄想がよぎる。

指の動きが次第に早くなった。

そうだ、津川に政策のアドバイスを受けよう。自分の考えをマスコミに受けるように言いかえてくれるのが、津川浩平なのだ。

3

二月二十四日　午後五時

国会議事堂、衆議院本会議場。閉会中につき誰もいない。

「明日の投票、中林美香に入れるのは、悔しくないですか？　やめましょうよ」

首都党の立川新之助は、男根をしゃぶらせながら、野沢珠代《のざわたまよ》を口説いた。民自党の閣僚経験もある熟女議員だ。

四十七歳。夫も国会議員という政治家夫婦だが、知名度は珠代の方が高い。スレンダーでスカートスーツがもっとも映える女性議員とされている。

元は外資系投資会社上席副社長。経営コンサルタントの肩書も持つ。当選五回。次期財務大臣との呼び声が高い。

実現すれば初の重量級閣僚となる。

珠代は過去に、女性活躍担当相と環境相の経験があるが、いずれも女性登用をしている感を出すためだけのお飾り的な閣僚であった。

どちらも軽量級閣僚の代名詞のようなポストだ。

「あら、そういう首都党は、まだ古手川さんが国会に戻っていないじゃない」

ぶ厚い舌が、根元から亀頭まで、丁寧に舐《な》めあげてくる。

「いや、うちの党首のことはこの際どうでもいいのです。今回は立共党の枝川正雄代表を推しませんか。どうせ入りませんが、大きな揺さぶりになると思うんですよ、中林美香じゃダメだという……」

立川は珠代のバストを触った。キャメルカラーのジャケットの上からでもその量感がよくわかる。メロンサイズの双乳だ。

「そんなことしたら、バレるわよ。どこの党だって党議拘束で首班指名は自党の党首って決まっているんだから……っていうか、なんで新之助はそんなこと言いだすの」

珠代が腰をくねらせた。

「この席は、うちの古手川党首じゃなければ、野沢先生が、先に座るべきだと思うからですよ。おかしいです。あんな二回生議員が、総理だなんて。そう言っている御党の女性議員は五人は、いると思います。中林美香にはノーと」

「この席」

珠代の目が輝いた。珠代をいま座らせているのは、本会議場閣僚ひな壇の最も演壇よりの席。つまり総理大臣の席だ。

立川は、その前に仁王《におう》立ちし、黒い巨砲を突き出していた。もちろんベロ舐めされている。

珠代との関係も政界入り前からだ。

彼女はベンチャービジネスマンの会合によく顔を出し、起業家の野心と苦労に耳を傾けてくれていた。

そして、事業拡大のためのさまざまな障害を取り除くための協力をしてくれていたのだ。

立川もファッション会社の創業期に、資金提供者、流通関係の人脈作りなどで恩を受けている。

とはいえ、この女のバックについているのは、朝陽トラベルの槇尾洋蔵と、ＩＴ企業家だった堀川憲武だ。

このふたりが目論《もくろ》んでいるのは、新しい成功者の青田買いだ。そして自分たちに都合のよい体制を作り上げるために、新興勢力の集団を作り上げ、そのボスとして君臨することだった。

青田買いの先兵が野沢珠代というわけだ。

珠代は珠代で、男漁《あさ》りも兼ねていた。

立川の会社も、気が付けば槇尾と堀川の傘下に入っていた。空前のヒットと言われる美肌クリーム《新之助ホワイト》もその利益の大半は、朝陽トラベルに吸い上げられている。

しかし開発資金を提供してくれたのは槇尾なので致し方ない。

「珠代さん、首都党は議席は持っていますが、国会に君主がいないのが実情です。古手川さんが国政復帰するまで、実質、珠代さんが運営すればいいと僕は思っています。うちの八十四票、古手川さんが指揮を執るまで、自由投票なんです」

口から出まかせを言った。

政界は、その一瞬がすべてであって、先のことはまた先で決めることとなる。

いま、その瞬間の利権。

これがすべてだ。

珠代が乗ってきた。

「まじ」

普通なら、そんなことありえないとすぐわかる。だが、男根をしゃぶっている女は脳が快楽に酔いしれて、いかれている。

「それを餌に、西山幹事長を追い込んだら、財務相も外相も夢じゃありません。まずはそこからでしょう」

「本当の話？」

珠代が、口辺から漏れる涎《よだれ》を手の甲で拭った。

政局の節目で、八十四票を動かせるとなれば、民自党にとっては友党の光生党よりも大きな存在になろう。

そんなことは連立でもしない限りありえない。党首の古手川は、自分が都知事の職を投げうち国政に復帰する際は、間違いなく民自党との連立、あるいは合流を条件に入れている。

合流すれば、民自党古手川派は、第一派閥に躍り出る。第四派閥の西山派と組むだけで、総裁選の勝利は見えてくる。

「むろん、この先、珠代さんが、うちと御党との懸け橋になるのが条件ですよ。いまは波乱を作り出すことが重要なんですよ。中林美香が人気者になってしまったら、古手川さんも珠代さんも出番がなくなってしまう」

いかにももっともらしい理由をつけた。

「わたし、今回枝川さんと書く。ねぇ他にも民自党から寝返る議員はいるのよね」

「もちろん。わが党の分析では、五人はいます。野党はまとまるので、ひっくり返る可能性はゼロではありません」

五人の民自党の熟女議員に、首都党のイケメン議員が同じことを吹き込んでいる。

「面白いわね」

珠代が乗ってきた。

「ここでは脱げません。あの中に入りませんか」

立川は、本会議場の演台の下を指さした。

築八十五年。戦前戦後を通して数々の名演説を生んだ、衆議院本会議場の演台の中でぜひ一発やってみたいものだ、と立川は思っていた。

それが出来れば、国会議員になった甲斐《かい》があったというものだ。

「やってみたい」

珠代も涎を拭きながら立ちあがった。

立川は、雪国のかまくらの中にはいるような気分だった。

木製の重厚な演台は、まさに男女がふたりで入るのにちょうどよいサイズだった。

「まさか、この中でハメる議員がいるなんて、誰も思わないだろう。僕たちだけが知る政界の裏面史《りめんし》になりますよ」

立川は、上着を脱ぎ、ズボンも降ろした。ワイシャツにネクタイ、下はトランクス、およそ国会議員には見えない格好だ。

「そうとも限らなくてよ。閣僚級の不倫カップル同士が、ここでやっていた可能性はあるわ。国会議員のあこがれだもの、演台の中でエッチするのって」

「戦前の宰相なんかもやっていたのかな？」

立川は、珠代のジャケットを脱がせようとした。

「ダメ、私は脱がない。ちょっと待って、パンティだけ脱ぐから」

珠代がベージュのスカートの裾をさっと捲《めく》り上げた。ナチュラルカラーのパンストが現れる。それもスルスルと脱いだ。薄いピンクのパンティも脱いだ。パンストとパンティを、演台の奥へと押しやった。

暗闇に陰毛が浮かんだ。白い腰部の下で、ふさふさとした黒毛が際立って見えた。

「国会内エッチスタイル」

スカートの裾を腹部まで捲り上げた珠代が、にやりと笑った。特徴的な、ちょっと上から目線の笑いだ。

「未来の総理へ挿入するのって、議員冥利に尽きますね」

立川は胡坐《あぐら》をかき、正面に体育座りしてる珠代の両太腿《ふともも》を持ち上げた。

くわっと股が開いて、光沢のある紅《あか》い渓谷が丸見えになる。薄暗がりの中でも、はっきり濡れているのがわかった。

直立する男根に向けて、珠代の亀裂を下ろした。

「あっ、入る！」

亀頭が無理やり割り広げた膣穴から肉層へと滑り込んでいく。中はとろ蜜であふれかえっていた。

「立共党への投票、頼みますよ」

立川は突き上げながら言った。

ぬんちゃっ、ずんちゃっ。ずず、ちゃっ。

対面座位で、肉を擦りあった。

「はうっ、いいっ。なんか歴代の総理たちの所信表明演説が聞こえてくるようよ」

珠代は、細い目をさらに細め、口辺もキュッと上げた。珠代スマイルだ。

「いずれ、先生もここで、所信表明をなさるでしょう。どんなことを表明しますか」

立川は穿《うが》ちながら聞いた。

数日前には、中央玄関広間で立共党の看板議員で代表代行でもある、切田蓮子を、今日は、民自党の閣僚経験者である野沢珠代と、本会議場で一発やっている。

国会議事堂で都合二発。

立川は、次はどこでやろうかと考えながら、下から突き上げた。腹筋には自信がある。このまま、絶頂まで導いてやりたい。

「わっ、あっ、痛い、でもいいっ。私が法案や人事で必要になったときは、ホントに八十四票貸してね。もちろん全部とは言わない。四十票でも動かせたら、西山幹事長の派閥よりも多数票をまとめられるってことになるもの」

珠代は譫言《うわごと》のように言った。ときおり、上下運動が激し過ぎて、そして感じ過ぎて、頭をゴンゴン演台の内側にぶつけていた。

「先に昇天してくださいね。そしたら、すぐに抜いて、僕はこの演台の内側天井にぶち上げますから」

立川はそう宣言した。

演台に射精したから、どうだ、ということでもない。

ただなんとなく、歴代の総理や野党党首が、持説を訴えながら握り拳でさぞや叩《たた》いた演台の、その真下に精汁を打ち上げたなら、それらの宰相に打ち勝ったような気がするのだ。

稚拙《ちせつ》な発想だと思う。

――俺は、男根は大きいが、気持ちは小さい男だ。

「わかる、わかる。それやりたい気持ち、凄くわかる。私だって、ここの床に潮を撒《ま》いてびちょびちょにしてみたいもの」

珠代が顎を何度も引いて、賛同してくれた。

――ここ、賛同するところか？

政治家って、やっぱどこかおかしい。

いや、おかしくなければ、政治家にはなれないのかも知れない。

「んんっ、私、いいいっ。昇《い》きそうになってきた」

珠代が、唇をへの字に曲げながら、身体を上下させ続けた。立川が突くリズムよりも、珠代が摩擦するリズムの方が早い。

「おぉおおっ」

立川も歌舞伎俳優のように口を曲げ、自然に目も中央に寄ってきた。市川團十郎《いちかわだんじゅうろう》の睨《にら》みの顔だ。男はだいたい射精を堪えるとき、団十郎の睨みの顔になる。

「いくっ、いくっ」

珠代の声がひと際甲高いものになった。

誰もいない議場だ。

「この際、大声で、中林首班指名、反対っとか、叫んじゃうのどうですか」

立川が、自分が先に射精してしまいそうなので、気を逸《そ》らす意味で、そんなことを言ってみた。

なんとしてもここは、先に珠代をイカせないと、男の沽券《こけん》にかかわる。

「そうね、あんっ、は、はんたーい」

と珠代が、言いかけた時だ。

上の方からがやがやと声が聞こえてきた。

「えー、衆院の本会議場でございます。開会中は、議長席に向かって、左側のひな壇に総理はじめ、閣僚が列席いたします。そして各党の議席は、衆院の場合、議長席から見て、右から左へ議席数の多い会派順に並びます。これまでは、真ん中のライン以上に民自党が占めていたのですが、先の総選挙で、半分以下になってしまいました。また当選回数の少ない順に前列から後列へと進むのが、議場の習わしです。つまり新人ほど前列。ベテラン議員ほど後列へ座っているのです。そしてこの傍聴席のすぐ真下が記者席でございまして……」

国会見学ツアーのガイドの声だ。閉会日には、見学が組まれることが多いのだが、通常、午後五時までだ。

おそらく大物議員の後援会が、無理やりこの時間に押し込んだものと思われる。

説明しているのは三階の傍聴席だ。議場は半円形の擂鉢《すりばち》状になっており、声がやたら反響し、空から降ってくるような勢いだった。

逆にこちらの声も届きやすい。なにせ演台の真下にいるのだ。

「中林美香……はん……」

珠代が声を張り上げる。立川は慌ててキスをした。

「んぐっ」

唇を塞いで、舌を絡ませる。

傍聴席は一瞬静まり返った。立川は心臓が張り裂けそうになった。演台の中で、対面座位で女性議員と繋がっている場面など、発見されたら、議員生命が終わる。いやそれ以前に人として終わる。

唇を吸盤のようにして吸いつき、珠代の声を封じた。

「はふっ」

珠代が目を見開き、舌をじゅるじゅる吸い立ててきた。

息も止まるほどの情熱的な口づけに、たまらず立川はしぶいた。

「あっ、いぐ、いぐっ、わだし、いってまるべ」

珠代もきつくしがみついてきた。津軽弁だった。

東京都内に選挙区を持ち、都会的なセンスでならす野沢珠代だが、実のところ出身は東北の青森だ。

昂奮《こうふん》すると津軽弁になる。

この落差を、立川は気に入っていた。

「……では、続いて、参議院と接続する中央玄関にご案内します。中央玄関の広間には憲政史上、たぐいまれな功績があった三人の……」

ガイドである衛視は、何事もなかったように言葉を繋ぎ、見学者たちを、通路へと誘導しているようだった。

「あっ、いぐっ、んんっ、いぐ」

珠代が尻を持ち上げ、接合を解いた。へなへなと、演台の内壁に寄りかかり、荒い息を吐いている。床にべたっ、と花びらをくっつけていた。

「んがぁ。出るぅう」

立川の顔は、ふたたび、市川團十郎の睨みになった。

——ジュ・ビ・ドゥワ！

脳裏にそんな言葉が浮かんだ瞬間、盛大に精汁の第三波を打ち上げた。言葉に意味はない。

吉田茂《よしだしげる》が怒鳴り、佐藤栄作《さとうえいさく》が惚《とぼ》け、小泉純一郎《こいずみじゅんいちろう》が吠《ほ》えた演台の裏側に、精汁がびちゃっとくっついた。

自分も偉大な政治家たちと、肩を並べたような気分になった。

4

二月二十五日　午後二時

「中林美香君、二百三十九票。枝川正雄君、二百十九票。無効七票。よって本院は内閣総理大臣に中林美香君を指名する」

議長の声に議場がどよめいた。過半数を六票超えている。美香は立ち上がり、周囲にお辞儀をした。

議員席最前列で首班指名をうけた議員は初めてであろう。

「そんなバカな」

「嘘《うそ》よ、そんなはずないわ」

「誰が裏切ったんだ」

「私は、ちゃんと中林美香さんと書いていますす」

与野党のあちこちから、そんな声が飛び交っている。

「これにて休憩」

衆院での指名が決定したが、美香は同時に投票が行われている参議院の投票結果を、本会議場で待つことにした。

憲法では衆参どちらの議員であっても、総理大臣になれることになっている。しかし、現在まで、ただの一度も参議院議員が総理になった例はない。

これは、様々な事項に於《お》いて、衆院の優越が規定されているからだが、もっとも大きな要因は、衆院の解散権をもつ総理が、参院に所属し、みずからが解散後の選挙に出馬せずに済むというのはおかしいということである。

よって、慣習として参議院議員は、総理に指名されることはないのだ。

「参院では民自党が圧倒的多数を握っている。光生党さんの裏切りもあり得ない。心配はいらないですよ」

美香の横にやって来た幹事長の西山が言った。西山は最後列から最前列まで降りて来たので、息を切らせながら言っていた。

すでにほとんどの議員たちが、退場している。参院側で、指名がひっくり返ることはありえないので、すでに散会を決め込んでいるのだ。

「それにしても、おかしいんだ。無所属に残っているふたりも威勢の会の十人も確実に貰《もら》っていたので、二百四十六票はいかないとおかしいのに、七票が消えている」

　西山は腕を組んで議場を見渡していた。

「いいじゃないですか。結果は二十票の差をつけて指名をいただいたのですから。幹事長の労を多とします」

　美香は深々と頭を下げた。いつの間にか、官僚言葉が身についていた。

「うーむ。わしは、納得せんがね」

　そこに官房長官の相場もやって来た。

「うちの女性議員から謀反人《むほんにん》は数人出ているようですな。首都党が立共党と組んで多数派工作を仕掛けたようですが、逆に立共党からも枝川代表では不満だと、わが党に入れた議員がいるらしい」

　立共党も寄り合い所帯である。労働組合を母体とした左派から、かつては民自党に所属していたが、権力闘争の末に出て行った保守系議員たちまで様々だ。民自党と同様、権力争いは激しい。

　代表の枝川はリベラルとはいえ中道派である。左派からの支持は弱い。必ずしも枝川が総理になるのをよしとしない勢力もいるのだ。

「十人ほどこっちに流れたとなると、まぁだいたい勘定はあうわな」

　西山が、すでに誰もいなくなった立共党と首都党の議席を睨みつけながら、苦虫を嚙み潰したような顔をした。

事務局の職員が歩いて来た。銀髪の中年紳士だった。美香の方をまっすぐ向いて言う。

「参院から連絡ありました。中林美香先生で、決定したそうです」

「ありがとうございます」

「ちょっと演台の前に立ってみていいですか。所信表明演説で初めて上がると緊張しそうですから、ちょっとリハーサル」

「もちろんですよ、総理」

西山と相場が愛想笑いを浮かべた。子供を見る眼だ。実際ふたりとも、父親と同じ世代である。

美香は演台に立った。

生臭い。それも烏賊《いか》臭い。

咄嗟《とっさ》にそう思った。

政治の世界は生臭い話ばかりだと揶揄《やゆ》されるが、実際、そんな臭いを嗅いだのは初めてだ。

演台の下を覗いてみた。暗い洞穴のようだった。何があるわけでもない。だが生臭いのだ。ゴミ臭いというより、烏賊臭い。

「総理、どうしました？」

相場に声をかけられた。大先輩議員に、総理と呼ばれるのは、まったくもって、照れるが、これに慣れるしかない。

どうすれば慣れるか？　そこが思案のしどころだった。

「さっそく組閣を。総理大臣室でお願いします」

相場に促される。西山が突如鋭い視線になった。

「組閣は基本、派閥均衡でお願いします。西山幹事長、各派閥からの推薦を取りまとめてください。それも出来るだけ公平に派閥の所属議員数で、割り振ってください。基本は今泉路線を継承します。ですから官房長官は相場さんでお願いできれば、私も心強いです。党務は西山さんにお任せします。私はとにかく選挙の顔として、上手く立ち回ります。どうぞおふたりで台本を書いてください。それに従って動きます」

美香は淡々と言った。

どう抵抗したところで、この老獪《ろうかい》な大人たちに勝てるわけがない。ここに、自分の派閥のボスである元総理安藤真太郎も嚙んでくる。美香は、自分の役目を淡々とこなす道を選んだ。

「さすが弁《わきま》えていらっしゃる」

西山の顔に、いまにもボロリと零れ落ちそうな笑みが浮かんだ。

第五章　政治は芝居

1

二月二十七日　午後七時

「あら、どうして派閥均衡の内閣ではいけないのでしょうか。民自党は各派閥が政策論を闘わせることによって切磋琢磨《せっさたくま》している政党です。その派閥から、相応の人材を派出させることがなぜいけないのですか」

美香はマイクの前で顔を傾けてみせた。

官邸一階の会見室だ。

夕方から順に、官邸に新閣僚を呼び込み、一時間前、二十名の全名簿を発表し終えた。うち三名が女性だ。

安藤派、今泉派、奈良派、西山派の主流派閥で重要閣僚は占めた。

光生党の指定席と言われる国交省は、同党の大臣待望組のひとりに交代した。

四か月前、総裁選を争った神林と石坂の両派からも、一名ずつ軽量級閣僚に取り込み、まぎれもない挙党体制とした。

人選は各派閥からの推薦に沿う形で、西山がまとめてくれたものだが、美香自身、これが正しい組閣であると信念を持っていた。

西山幹事長にはまたも『弁えている女』と絶賛された。

「毎朝新聞の川崎です。国民は、せっかく日本初の女性総理が誕生したのに、女性閣僚は三名だけで、各派閥からの順送りを並べただけと感じているのではないでしょうか。総理の個性というものが感じられません」

質問に立った記者が、そう突っ込んできた。

「あの毎朝さん。政治はエンターテインメントではありませんよ。映画やドラマのキャスティングのように、サプライズばかり期待されても困ります。各派閥のなかで、選挙で実績を積んだ方々を選んでおります。また、いま毎朝さんは、国民は感じているのではないかと発言しましたが、まだ世論調査もしていないのに、その言い方はおかしいです。記者さん個人の感想を、国民全体と称するのは驕《おご》りではないでしょうか」

これでも元ジャーナリストだ。マスコミのステレオタイプの質問にはいくらでも応酬できる。

「続いての質問は？」

ほぼ全員の記者が手を挙げた。進行役の広報官が、中央の小太りな記者を指さした。

「東西日報の渡邊《わたなべ》です。岩切財務大臣、北条外務大臣、相場官房長官が留任なのは、明らかに前総理の人事の踏襲という感じがしますが、新総理の独自案はなかったのでしょうか」

これもまた想定していた質問だった。

――つまらない。

美香は胸底で、そう呟《つぶや》いた。

「東西日報さん、よく考えてください。今泉政権はスタートしてまだ二か月でした。財務は予算編成、外務は他国との折衝です。ここに大きな変化がある方がおかしいです。総理が急逝しても日本の政策は変わらない。この変わらないということが大切なのです。そもそも私は、今泉総理とセットで党から選出されています。政策を継承するのは当然ですね。内閣の要である官房長官に留任していただくのは、至極当たり前のことだと考えます」

応酬した。

「なるほど、亡き今泉前総理の政策を継承するということが、よくわかりました。すると中林総理、奈良政権で失った信を問い直すための総選挙を、近々にやるということですね」

東西日報の渡邊が、切り込んできた。ここに誘導したかったようだ。

「そのつもりです。今泉前総理が公約したことはすべて守ります」

「いつ頃ですか？　近々にと言っていたようですが」

「はい、近々にということです」

背後に並ぶテレビクルーのガンマイクが、一斉に三十センチほど前に突き出された。

「首都党の古手川都知事の国政復帰はどう考えますか」

古手川は、次は必ず立ってくるだろう。

「まったくわかりません。他党のことです。都知事の職務にまい進されているのではないでしょうか」

寸評は避けて、皮肉を込めた。

次の質問者がマイクを握った。中年女性だ。

「フリーの桜井《さくらい》です。政策についてお聞かせください。コロナ対策と経済再生、非常に両立がしにくい問題ですが、優先するとすればどちらですか？」

　いやらしい質問だ。

　それは誰もが逡巡《しゅんじゅん》し、反復しながら対処する問題だ。だが美香は、処女の直感で答えた。

「はっきりしています。優先すべきはコロナ対策です。ロックダウン法案の審議に入りたく思います。反対する野党はいないと思います」

　記者席がどよめいた。

　すぐに新たな記者が指名された。

「太陽テレビの香川《かがわ》です。それでは飲食業が壊滅してしまいますが、補償はお考えですか？」

「もちろんです。これから財源の精査に入ります」

　とにかく言い切るのだ。

　総理の仕事って何だろう。昨日一日考えた。それは大局を述べることだ。各論は官僚に任せたらいい。

　早い話が大見得を切れたら、それで良いのだ。

「総理の政治信条のようなものがあればお聞かせください」

最後に質問に立った国営放送の記者が予定調和の質問をくれた。

「分断の修復です」

練りに練ったキャッチフレーズをこれから出す。昨夜メールで、さんざん相談した相手、津川浩平がくれたアドバイスを使う。

「具体的には？」

記者が質問を重ねてくる。

「いまこの国は、何事においても分断が進んでいます。保守とリベラル、富裕層と貧困層、コロナ対策推進派と経済優先派、高齢者と若者、オンラインと対面、ありとあらゆることが二極分化していますね。これを融和とまでいかなくとも、修復したいのです。どちらもある程度納得できる政策を実現していきます」

「ありえますか？」

絶妙なタイミングで津川が不規則発言をした。記者席の後方から、ただのガヤを飛ばしてきたのだ。

広報官が、叱責しようと向き直ったが、美香はそれを制した。

「足して二で割る政治です」

満面に笑みを浮かべながら、きっぱりと言ってやる。民自党のお家芸のような政策だ。

記者席はさらにどよめいた。

先ほど、質問に立ったフリーの女性記者が、

「それじゃ、昭和に逆戻りじゃないですか」

広報官が『勝手な質問はおやめください』と叫んでいる。

「あーら、温故知新に頼って、なぜいけないんですか？　今まさに必要なのは『足して二で割る政治』でしょう。国民の皆さんにわずかずつ歩み寄っていただく政策です」

そう言い切って、美香は会見台から下がった。

これ以上質問に答えると襤褸《ぼろ》が出る。

『足して二で割る政治』が明日の新聞の一面に大きく掲載されればいいのだ。イメージは何となく伝わる。

ここは賭けだ。

壇上を降り、会見室を出る頃には、股間からとろ蜜が溢《あふ》れ出て、クリトリスは包皮からむっくり顔を出していた。ショーツに擦《こす》れて感じ過ぎてしまう。

政治を熱く語ると、必ず股間が燃える。

全て股の間で考えているからだ。

「総理、お飲み物は？」

官邸職員が聞いてきた。

「平気、執務室でちょっと休みたいわ。三十分でいいからひとりにして」

もうオナニーせずにはいられなかった。

昨日から使い始めた総理執務室に戻り、応接ソファに座った。背もたれに深く体を沈め、股を開く。にゅわっと肉扉が開いた。

壁に閣僚全員と写っている写真が飾られていた。認証式後の正装で官邸の階段に整列した写真だ。

モーニングに銀鼠《ぎんねず》色のネクタイを締めた閣僚たちの中心に、普通のビジネススーツを着た自分が立っていた。

なんだか、やけに小さな人物に見える。

女性活躍大臣についた三世議員の細田峰子《ほそだみねこ》などはいかにも高価そうな黒のカクテルドレスに煌《きら》びやかなネックレスをつけていた。

──まぁ、私は分相応なほうが受けるから。

そんな風に思いながら人差し指をパンストのセンターシームの上に持っていき、なぞりながら、政策を練った。

当面は、党幹部や安藤元総理の希望を全て受け入れていくつもりだ。

安藤─奈良─西山の傀儡《かいらい》政権と揶揄《やゆ》されてもいい。

政治は数だ。

自分自身が多数を持たない限り、権力を握ることは出来ない。

能ある鷹《たか》は爪を隠す。

スケベな女は、陰部に爪を這《は》わす。

割れ目をなぞりながら、日本を憂えた。

いつの間に、こんな『やった者勝ち』の国になってしまったのだろう。

『温故知新』。

昨夜、津川にアドバイスされた言葉をもう一度、思い浮かべる。

ヒントは必ず過去の政策の中にある。

グローバル化の負の部分が出始めているのだ。

変化し始めたのは、二〇〇〇年ぐらいからだと思う。

どんな分野においても、新規参入枠が拡大された。例えばタクシーだ。業界の秩序を守るために新規参入には高いハードルが置かれていた。

タクシー不足は深刻であった。

そこで、ハードルを下げた。一気に新会社が増え、客の奪い合いになった。競争劇化のため、値下げ会社も出現し、利用者は利益を得た。

一方で、過度の競争で、敗れ去る者も増えた。

観光バス会社なども同じだ。バス一台でも参入出来るようになった。おかげで旅行会社もバス会社の選択肢が広がった。

高額旅行と激安旅行という二極分化が進み、激安は人気の的となった。だが、事故も増えた。

それが本来の資本主義だというならば、その通りだろう。

かつての日本は、規制だらけで本来の資本主義でも自由主義でもなかったということだ。

だが、その方がよくなかったか？

社会民主主義。北欧諸国に多く見られる統治方法だ。

指がクリトリスの上で止まった。ここがいい。ソフトに圧《お》す。

「ぁあ」

目を閉じた。津川の顔が浮かぶ。ヤバイ。強く擦りたくなった。それも直接、触りたくなる。

「うわぁ」

パンストと水色のショーツの上縁から、手を差し入れた。人差し指が陰毛の上を滑り落ち、亀裂の間に触れた。ねちゃっといやらしい音がする。

花を広げて、指をワイパーのように動かす。

——規制を元の水準に戻す。

自国の産業をきちんと育成し、成長させていくには、参入のハードルを上げ、その資金力、ノウハウに精通した企業にある程度独占させることも必要ではないか。

かつての護送船団方式である。

ただしこれをやると、外資外しのそしりは免れず、特に米国との軋轢《あつれき》を生みかねない。

国内の新自由主義提唱者の反発も招きかねない。

けれども今の日本は壊れすぎていないか。

美香はクリトリスを擦りまくった。どうやって自分の考えを実現していけばよいのか。

いくつもの偶然が重なり合ったとはいえ、せっかく総理の椅子に座ったのだ。自分の意志を貫いてみたい。

「あっ、気持ちいい」

クリトリスを擽《くすぐ》るように弄《いじ》ると、尻の裏にまで快感が広がった。オナニーをすると、必ず自分のイクべき道が見えてくる。

美香はこれをオナニー瞑想と呼ぶことにした。

「いくっ」

身震いした瞬間だった。スマホが鳴った。津川専用のメロディが鳴る。

「あんっ」

津川にイカされたような気分になり、美香は機嫌よくスマホをタップした。

「さっきはありがとう。おかげで、一呼吸おいて、上手《うま》く切り出せたわ」

「新総理の会見としては、上々の滑り出しだった。『足して二で割る政治』は、マスコミの間でも受けている。かつては談合政治、玉虫色決着の典型と批判されたやりかただが、いまこの格差や分断の中で聞くと新鮮なんだ。意味合いが昔とまったく違って聞こえる」

「温故知新も含めて、津川君のアドバイスだわ。ねぇ、私の政策顧問にならない？」

誘ってみた。華やいだ気持ちになる。濡《ぬ》れた花びらを人差し指で広げながら言っている。股間でトークしている気分になれる。

「いや。友人だからこそ、距離を保ちたいね。政治家と記者は常に緊張関係にあるべきだ。社から、総理担当になるように言われたけどな」

「ホントに！」

常に津川が自分を追いかけてくることになるのだ。視界に入るだけで、うきうきとなってしまう相手だ。

「だが、俺は御用記者になるつもりはないよ。批判もする。だけど、友達だから、オンエアする前に、必ず事前に伝えるよ。そしてこれまで通り、出せる情報は渡す」

津川は相変わらず快活だった。政治記者でありながら妙に清々《すがすが》しいのだ。

「アドバイスはくれるのよね」

「もちろんさ」

「特定産業の過当競争を抑制するために、護送船団方式に戻したいんだけど、やばいかなぁ。津川君も時代に逆行しているって、叩《たた》く？」

批判するのか賛同するのか、それだけでも知りたかった。津川はしばし、黙り込んだ。

十秒も間をおいてようやく声を発した。

「ありだと思う。だけどそれは、選挙を経て、多数を得なくちゃ通らない。民自党の不動のエースになってから口にすべきだね。そうでなければ直ちに、槇尾洋蔵あたりが安藤さんや奈良さんに動いて、中林の失脚を仕掛けてくるだろう」

「アメリカはむくれない？」

「アメリカとだけ組んだらいい。チャイナかどっちかを選択せざるを得ないところまで追い込まれているから、どの道同じさ」

津川は、ズバズバいう。

「選挙に勝っても、自分の派閥を持たないとね、先は長いわ。どうやったら勝てるのか……」

「政治は芝居だと思う。いまは勝者がいない状態だ。うまく立ち回るだけで、派閥をつくれると思う。古手川さんに学ぶことだ。俺が言えるのは、いまはそこまで。明日からの、ぶら下がり、よろしくな」

「抱きつきもOKよ」

津川が電話を切った。

政治は芝居。古手川都知事に学べ。大きな道しるべだ。

この言葉の意味は大きい。

美香は、何としても自分の派閥を持ちたいと願った。そのためにどうするか。

政治は芝居ね……。

2

三月一日　午後一時　日本武道館

前総理、今泉正和の民自党葬が執り行われた。妻の康子は、事の真相を知っているだけに、大仰な党葬などやめてほしいと懇願してきたが、今泉の腹心だった相場官房長官が、説き伏せた。

総理総裁が、その地位にあったまま逝去した場合、民自党は、これまでも党葬を執り行ってきた。

過去にふたりの現職総理が旅立っている。

「逆にやらないことが不自然ですから」

相場はそうやって夫人を説得した。

今泉は、米国暮らしが長かったこともあり、熱心なキリスト教信者であったが、葬儀は西山幹事長の采配で、宗教色を一切廃した形で行われた。

白菊の花に囲まれた祭壇に、今泉の顔写真が飾られている。トレードマークと言われたブリティッシュブルーにピンストライプのスーツにロイド眼鏡《めがね》をかけた遺影であった。

美香は、内閣総理大臣および党総裁として最前列に座っていた。習わし通りに左右に直近の総理経験者が二名が座った。

美香を挟んで上手《かみて》に安藤真太郎、下手《しもて》に奈良正道である。

面白い、上手《じょうず》、下手《へた》とも読める。

転生だの、偶然の産物などというオカルト的なことはあまり信じない、リアリスト美香だが、この偶然はさすがに天の配剤ではないかと思った。

政治上手の安藤、口下手から支持率を下げた奈良。

思えば、ほんの一年半ほど前は、まだ安藤政権であった。安藤の長期政権が続くにつれ、役人が何ごとも、本人の意を確認せずに忖度《そんたく》してしまう状況が生まれた。そしてそのことから、安藤も次第に尊大な態度になった。プチ独裁者になったのは事実だ。

私腹は肥やさずとも、権限による便宜供与は多くあったように思われる。それも友人知人に対して優先的にだ。

夫人が奔放で、接近してくる者に頼まれると、すぐに手を貸す悪い癖があった。悪意とは思わないが、一国の総理の妻として、行動が幼稚すぎた。

夫人の不倫疑惑も安藤には暗い影を落とした。

いつ検察が動くかわからず、安藤は体調不良を理由に辞任した。世間の様子次第では、再登板する意欲は充分ある。

奈良を後任に据えたのは、いつでも取って代われると踏んでいたからだろう。今泉も同じだ。安藤派に比べたら三分の二くらいの派閥だ。安藤と西山が組んでいれば、多数派工作はどうにでもなるのが、現在の民自党だ。

だが、今泉の人気が出過ぎたのが、問題だった。官僚が今泉になびきだしたのだ。

これは、もともと安藤と奈良が中心になって発足させた『内閣人事局』によるところが大きい。二〇一四年に内閣官房に出来た、官僚の人事を握る部局だ。

それまでの日本は、政治家と官僚は何となく分業化されていた。選挙で選ばれる政治家と、恐ろしく難しい試験をパスして霞が関入りする官僚は、それぞれが別な機構のように動いていたのだ。

ありていに言えば、高度な法律知識や行政事情に精通する官僚は、政治家をうまく利用しながら省益を守っていたところがある。

政治家は権力抗争が第一なので、法案は官僚に丸投げしていた。

政治家が大臣や副大臣として役所に乗り込み、人事権を行使してもその効力は限定的であった。

それまでの日本の内閣は、一年単位で大臣を入れ替えるのが普通だったからだ。大臣になりたい政治家は山のようにいる。その人たちに出来るだけ一度はやっていただくために、定期的に入れ替えていたのだ。

大臣はその省に精通している必要はなく、実務はすべて事務次官以下の官僚が執り行う。政治家にとっては大臣という衣冠《いかん》だけが重要ということである。

よって、単年度で替わる大臣がいくら人事を発動しても、次の大臣の時代には、異動させた官僚を知らぬ間に元に戻してしまう。

役所の人事は役所が行ってきたのだ。

当然、官僚にとって政治家は怖い存在ではなかった。おだててさえいれば、自分たちの省益にかなう法案を担いでくれる使いやすい人種ぐらいに思っていたはずだ。むしろ無知な大臣ほど歓迎されたきらいがある。

官僚にとっての太平の世を、変えてしまったのが内閣人事局の発足である。これによって、官僚の人事権は完全に官邸に握られることになった。

そして、政治家に忖度するあまり、勢い、隠蔽体質も生まれた。

美香も内閣人事局の設置は、霞が関改革において素晴らしい効果を上げたと思う。

しかし、強い権限は、独裁も生む。

この人事システムは為政者にとって都合のよい人事を生む結果ともなった。

安藤と奈良は、いま自分たちが作った制度に、怯《おび》え始めているのに違いない。

為政者が替われば、自分たちを追い落としにかかってくるかも知れないのだ。また与党が立共党や首都党に替われば、官僚たちは、安藤、奈良時代に隠蔽していたことを、あっさり白日の下に曝《さら》け出す可能性もある。

そんなことを考えながら、美香は左右のふたりの元総理の息遣いを聞いていた。

このふたり、私が総理でいまのところ安心しているのだ。

というか、私に続けてもらわなければ困るのではないか。

——芝居を心がけよう。

美香は心に誓った。

葬儀には政界、官界、実業界また多くの駐日大使館からも参列者があった。

警備担当補佐官の大城武志の姿が見えた。

中国大使館の弔問団をじっと見やっている。大城は、元公安外事二課。中国担当だから無理もない。

開会の時間になった。

司会は党総務会長の植木《うえき》陽平《ようへい》であった。開会のあいさつと、今泉の略歴を読みあげた。

そしていよいよ美香が弔辞を読む段になっった。

一世一代の大芝居のときである。

『今泉総理、あなたはどうして、こんなにも早くなくなってしまったのですか。日本は大きな、大きな宝物を失いました……』

名調子で原稿を読み上げた。スピーチライターは選挙プランナーの秋元だった。

『……どうぞ、天空の彼方から、この日本を見守って下さい。今泉正和閣下の名は、永遠に我が国の政治史に刻まれることでしょう。内閣総理大臣、中林美香』

読み終え礼をした。

花を手向ける。

続いて歴代の総裁が、献花し弔意を表した。

三千人の参列者が、二十人ずつ献花するのを、美香は最前列で見守った。総理になったばかりなので、やたらと挨拶された。

弱冠、三十七歳。なんだか未亡人になったような気分だ。

会が終わり、日本武道館を出ようとした時だった。黒服に党職員の腕章をつけていた女性が、つかつかと寄って来た。

真木洋子がちょうど公用車の開いた扉の後ろ側に立っていた時だった。

伝言でもあるのかと、美香が立ち止まると、女はいきなりペットボトルの水をかけてきた。顔射だ。

「あんたなんかが、総理になる資格なんてないんだから！　大っ嫌い中林美香！」

そう叫んで走り去ったが、警護九課の女性ＳＰたちが追い、確保した。

「申し訳ありませんでした。私がついていながら、壁になれなくて」

前に飛び出してきた真木洋子が平謝りした。

「平気、水ぐらい」

美香は、真木に差し出されたハンカチで顔を叩いた。化粧が取れてしまう。

「もし水でなく、硫酸などでしたら、大変なことになっています。さ、早く車内に」

真木に促され、センチュリーの後部席へと入り込んだ。

「それはそうね」

「スペルマでも困りますし」

「そっちはまったく未経験だから、興味はある」

オナ友には何でも言える。

トヨタセンチュリーが走り出した。現在の総理専用車だ。今泉から受け継いだ。ちなみに奈良は総理専用車ではなく、自分の事務所のアルファードを使用していた。安藤はレクサスのセダンに乗っていた。レクサスは現在も残っている。たまにかわるらしい。どちらにしても、美香には快適すぎる専用車だ。

「捕まった女性はどうなるのかしら」

「チーフの明田真子《あけたまこ》が、素性を含めて取り調べます」

「あぁ、警視庁名物のアケマンさん」

「ご心配なく、大城補佐官や男性ＳＰからは切り離して、処理いたします」

真木が淡々と言った。

「すべてそちらにお任せするわ。それより、やる？」

美香はスカートの脇ファスナーを開けた。

「やりましょう。気が鎮まります」

真木もパンツスーツのホックを外し、ファスナーを下ろしている。

二十分もかからずに官邸だが、オナニーを楽しむには、ほどよい時間だ。

翌日、新聞もテレビも、美香が襲われたことを報じた。

襲撃者は、無職の田村多絵子《たむらたえこ》、二十八歳。首都党の熱烈な支持者で、女性初の総理には古手川都知事がなるべきであったと述べているそうだ。

古手川都知事がコメントを出している。

「いかなる主張をもってしても、暴力は許されない。襲撃者は相応の処罰をうけるべき。中林総理に怪我《けが》がなくてよかった。首都党とは無関係」

田村多絵子は、現在も取り調べ中だ。

3

三月二十日

総選挙が近いらしい。ＳＰとして総理の傍《そば》にいると、気配だけでその空気は伝わってくる。

「正直勝つか負けるか、わからないわ」

中林総理の心は日増しに揺れている。

所信表明演説で分断と格差の是正に力点を置くと熱弁を振るい、国民的人気があがっている。国営放送が実施した内閣支持率は六十七パーセント。政党別支持率でも、民自党は四十パーセントまで回復している。

ちょっとした美香フィーバーだ。

そのぶん中林美香に、何らかの罠《わな》が仕掛けられる公算も高まった。警備部はそう見ている。

政界は嫉妬の世界だからだ。毎日が足の引っ張り合いだ。

真木洋子は、自分に与えられた特命任務を急がねばと、黄昏《たそがれ》時の銀座に向かっていた。

今泉前総理のセックス相手だったとされる新川恵里菜の情報収集だ。

真木は、中林美香が総理の座に着くと共に、前総理の死亡時の情報を探った。

ところが公安部の指示で報告書は十年間の封印となっているそうだ。

秘密があるということがはっきりした。

新川恵里菜が勤めていた銀座の店は、比較的新しい店で『桜宵《さくらよい》』と言った。八丁目のビルにあった。

だが、この店、今泉前総理の死の発表の二日後に閉店してしまっている。ますます怪しい。

桜宵のオーナーママである桜井照枝《てるえ》は、六本木のキャバクラ出身で、四十七歳。五年前に銀座に進出している。

先週、同じビルの一階にある寿司《すし》店への聞き込みで、桜宵には政界関係者が数人出入りしていたと裏が取れた。だが、その中に今泉がいたかどうかは、定かではない。

とかく夜の銀座で働く者たちは口が堅い。

通常の聞き込みでは、新聞に載っている以上の情報は取れなかった。

新川恵里菜が聴取されている公安のセーフハウスを割り出すのは、同じ警備部門の刑事であっても不可能だった。

そこで真木は、かつて指揮を執っていた警察庁の直轄部門、性活安全課の警部補松重豊幸《まつしげとよゆき》に隠密捜査を依頼した。

都合のよいことに、松重は現在、銀座中央署の組対係《マルボウ》に出向していた。それ自体が覆面捜査だということだ。マルボウ刑事が売春組織を運営している実態を暴こうとしているらしい。

「ご無沙汰しています。真木課長」

銀座八丁目の老舗《しにせ》喫茶店『パウリスタ』の二階で、松重は待っていた。二か月ぶりだった。

「いまは課長じゃないの。普通のSP。性安にいたおかげで、格闘技をだいぶ覚えたから助かっているわ」

真木も腰を下ろした。

夕方五時とあって、和服姿の夜の蝶《ちょう》たちが、大勢いる。出勤前の情報交換や、美容院帰りのお茶タイムなのだ。

「呼び方が迂闊《うかつ》でした。すみません。そちらもまだ、尻尾《しっぽ》はみせませんか」

松重が聞いてきた。

お互い定期的に情報交換をしている。

「何人か目星をつけた。売春組織と繫《つな》がっているSPが、確かにいるわね。外国人VIP担当よ。公安も絡んでいるみたいだから、慎重に裏を取らないと」

真木は早口で伝えた。実は真木もまた警備部に潜入捜査に入っているのだ。

本業は売春組織摘発。

警護、公安、機動隊を抱える警備部は、警視庁最大の伏魔殿《ふくまでん》だ。他の部門と異なり、あらゆることがベールに包まれている。ここが独自に売春組織を運営しているという被疑がある。

暴露すべきかどうかは別問題であるが、警察庁長官が把握していないところで、自らが犯罪行為を行っているとすれば、監察官と相談せねばならない。

売春は、ときに麻薬と同じ効果を発する、と真木は思っていた。

セックスという麻薬は、時に覚せい剤以上の常習性と精神の混乱をもたらす。

発情は一種の覚醒である。娼婦《しょうふ》、娼夫を使って、人を支配することも可能なのだ。

セックスをした人間を捕まえたいのではない。

管理売春。色を使って、利益を得ている連中を潰す。それが真木の部門の任務だ。

庁内潜入捜査でまさか総理担当となった。

中林美香総理であれば、自分たちの任務をより理解してくれそうだ。懐に入りたい。

「それで桜宵についてはわかったの？」

「はい。妙な店です。雇っていた女の水商売履歴がほとんどないんです」

松重はポケットからガムを取り出しながら言った。煙草《たばこ》を我慢しているのだ。

「へぇ～。それどういうこと？」

「銀座で働く女というのは、もちろんいきなりの新人もいますが、通常、大多数が、マエがあります。いや前科じゃないですよ」

「他の店にいたことがあるということね」

「そうです。だから、桜宵が廃業しても女たちは、またどこかで働くはずだし、多少はホステスたちの情報がころがっているものです。ところが、新川恵里菜はもちろん、働いていた十五人ほどのホステスや黒服についてもまったく履歴が出てこないんです」

松重がガムを口に放り込んだ。

それは、全従業員が桜宵で純粋培養されたということだ。

「桜宵のバックになにか大きな集団がついていそうね。新興宗教集団とか半グレ集団とか」

「その匂いがするんです。何か、水商売ではない、違う目的のために作られた店なんじゃないかと」

「宗教集団が勧誘目的でよくそういうカフェをつくるわね。一見普通のカフェ。だけどいる客は全員信者っていうパターン。詐欺の舞台装置だった可能性もある。従業員全員が役者」

真木は、桜宵というクラブの店内の様子を思い浮かべた。接客しているホステスもボトルやグラスを持って動き回る黒服たちも、みんなキツネのお面を被《かぶ》っている姿が浮かぶ。

「はい。とにかく政治家や官僚、大企業の幹部などを食おうとしていたのではないでしょうか。そうすると、他店との連携のなさやぴたりと廃業したことも腑《ふ》に落ちるんですね。何か目的を完遂したので、撤収したと」

「ママの桜井照枝だけは素性が知れているのよね。六本木のキャバクラ出身だとか」

「はい、それだけが確かな情報です。調べてきました」

松重は手帳を取り出した。スマホでもなければ、タブレットでもない。小型の手帳に、びっしりと鉛筆で横書きメモが走っている。

「六本木の『地球儀』という店です。三百名は収容できる大箱ですよ。桜井照枝はここに、サクラという源氏名で三年在籍しています。常時売り上げ上位三名に入るほどの人気者でした。客筋は、大手広告代理店や霞が関関係が多かったようです。この店のかつての同僚がいうには、銀座進出には雷通の幹部が結構動いていたようだったと」

雷通はもはや広告代理店という範疇《はんちゅう》を超えた企業だ。国家的ビジネスに関わる情報商社といった方が早い。

ソフトビジネスにおける政商だ。

「その照枝ママを定点観測することは出来ないの？」

新川恵里菜と今泉をセットしたのは、照枝だと容易に想像できる。

照枝の行動から、なにか探れるのではないか。

「残念ながら、桜井照枝はすでに国外に出てしまっています。店を廃業にした翌日に、マイアミに飛んでいるんです。一年前に現地にコンドミニアムを購入していました。当面は帰国しないでしょうね」

松重が苦々し気に言う。

「まいったなぁ。でもその足跡が、いくつもヒントをくれているわね」

真木はコーヒーを啜《すす》った。

いかにも怪しげな行動をとっているというだけで、大きなヒントである。ひとりでもよいから店の従業員を捕まえられたら、必ず店の本来の目的を白状させられるはずだ。

差し込んでいた黄昏の光が陰り、替わってネオンの色が漆黒の空に鮮明になった。和服姿のお姐《ねえ》さん方が、にわかに立ち上がり始めた。

「出国記録から時間を割り出し、羽田《はねだ》空港の国際線出発ロビーの防犯カメラ画像を解析しました」

松重が、今度は得意そうに笑った。

「やることと早いわね」

「旅行をセットアップしたのは朝陽トラベル。彼女の購入したコンドミニアムも元の所有者は朝陽トラベルです。ヒントになるでしょうか」

「おおいになります」

ロビイストの槇尾洋蔵の顔が喫茶店の窓に浮かび上がった。

真木は、公邸でひとりオナニーしているはずの中林美香を訪ねるべく、スマホをとった。

広大な総理公邸の二階ベッドルームで、うつ伏せになったり、仰向《あおむ》けになったりしながら、クリトリスや小陰唇を弄りまくっている中林美香の姿を妄想すると、なんとも幸福な気分になった。

処女ってエロい。

第六章　スケベが国を変える

1

二〇二二年四月四日　午後九時

「幹事長、明日解散しようと思います」

美香はいきなり切り出した。

総理公邸のリビングルームだ。

一国の主《あるじ》とはいえ、ひとり暮らしには公邸は広すぎる。二〇〇五年に改装されたとはいえ、なんといってもここは旧官邸である。

一九二九年竣工。犬養毅《いぬかいつよし》とか高橋是清《たかはしこれきよ》なんかが仕事をしていた官邸である。

レンガ風の壁で中には赤い絨毯《じゅうたん》が敷かれおり、大広間や大会議室まである。居住用の邸《やしき》と言うより、迎賓館のような建造物だ。

そこに処女ひとり。

医務官や職員も近くに常駐しているが、基本はひとり暮らしだ。

広すぎて、まだ全部の部屋を見切れていない状態だ。

美香としては、赤坂《あかさか》の議員宿舎でいいと言い張ったのだが、警備上の都合で、公邸に入ってくれと説得された。

住もうが住むまいが、維持費が年間一億六千万もかかると聞かされ、それももったいない気がした。

慣れ親しんだ、シングルベッドを持ち込んだ。五年前『お値段以上』のキャッチフレーズで有名な量販家具店で購入したものだ。

ベッドフレームは合板。マットも普及品だ。

何とも公邸には似合わないが、ひとりエッチの楽しみ場であるベッドだけは、慣れ親しんだものでなければだめだ。

しかしなぁ。歴代総理が寝た部屋だと思うと、若干気が散る。おっさんたちの顔がちらつくのだ。

ひとりエッチのおかずになる歴代総理はさすがにいない。伊藤博文まで遡れば別だけど。

　そしてこの公邸、官邸の裏側にあるからといって、たいして近いわけもなかった。執務室のある官邸までは徒歩十五分もかかる。

　毎日、徒歩通勤だ。ハイヒールだとくたびれるので、ローファーで出勤している。

「明日はないでしょう、総理。党だって準備がいる。安藤さんは承知しているんですか」

　西山が声を荒げた。

「あら、幹事長、国会議員は常在戦場《じょうざいせんじょう》だとおっしゃっていたじゃないですか」

　美香はしゃらんと言ってのけた。

「バカ言っちゃいかん。そんなことは、政治家なら、イロハのイだ。特に衆議院議員は、任期内でもいくらでも解散があるんだから、当然そういう心構えがなくちゃならん。しかしそれは建前論だ」

　西山が気色ばんだ。

「あら、解散は、総理の専権事項、唯一の宝刀ではないでしょうか」

「いやいや党の幹部としては、絶対に勝てると見込める時期に、選挙を仕掛けるべきと進言するのが常道だ。いまは野党も態勢が整い過ぎている。ガチンコの場合、いかに中林総理の人気が高くても、足元を揺さぶられる可能性もある。いまは、はぐらかしたほうがいい。やるぞやるぞと見せかけて、なかなかやらないのが、わしゃ、得策だとみるが」

させずに引っ張り、プレゼントだけをねだるOLのような戦法だとおもった。一番、美香が嫌いなタイプの女だ。

西山は、今日は珍しく銀縁眼鏡《めがね》をかけてきている。老眼鏡だ。

その眼鏡を鼻からずり下げ、A4サイズの書類を盛んにめくっていた。

各議員の選挙区情報が網羅された書類だ。

「中林総理の支持率は確かに高い。だがこれは、まだ物珍しさが付いて回っているというのが正直なところでしょう。個々の選挙区では、前回勝ったところでも、依然として首都党の候補者が追い上げています。また、わが党が勝利した選挙区でも、けっして油断できません。立共党が、必死に無党派層を掘り起こしているし、首都党は、知名度のある候補者を立てようとしていますから、次こそ危ないです」

西山は首都党に怯《おび》え切っている。

古手川涼子のやり口を十分知っているからだ。

「いいえ、いまガチでぶつかった方が、私は見込みがあると思います」

美香は巨大なソファに身を沈め、脚を組み直した。室内用のピンクのワンピースを着ていた。上には濃紺のカーディガンを羽織っている。

敢《あ》えてノーパン。

勝負下着などありえない。

女が勝負するとき、ノーパンだ。

根拠はない。美香独自の精神論である。

政治は閃《ひらめ》きだ。

処女はクリトリスで思考する。経験者なら肉層と子宮を駆使して、深く深く思考するのだろうが、処女にとっては、クリトリスがすべてだ。

美香の場合、クリトリスが政治家としてのレーダーであり、マシンガンともなる。

「総理、たいした自信ですな。わしは、総理の人気だけでは勝てないと申し上げている。民自党の驕《おご》りへの国民の怒りは根深い。個別の候補者たちはまだ信頼を回復したとはいいがたい。総理は東京二十六区では、間違いなく通るでしょうが、他の議員たちが勝ちぬく確率は五十パーセント。いま闘えば、民自党はさらに二十人ほど落とすというのが、わしや塩見さんの見立てじゃ」

美香自身も同じ見立てだ。

西山と違うのは、そこが狙いだということである。

混乱こそ、またとないチャンスになるはずだ。

そこに賭けてしまいたい。むっくり尖《とが》りはじめたクリトリスがそう言っている。

「では、幹事長は、いつ闘うべきだと」

「野党だって、スキャンダルを起こさないとは限らない。特に、首都党の古手川さん、経歴や国会議員だった頃の問題だって、いまに出てくる。そういう時がチャンスなんですよ。それとね。いまは派閥の領袖たちも、一休みしたい。選挙が立て続けにあると、金がいくらあっても足りない。安藤さんは、それを逆手にとって、野党の資金不足を狙って、解散総選挙を繰り返した」

西山が、ずり下がった老眼鏡のブリッジを押し上げる。

頻繁に選挙を実施することで、自派の勢力を伸ばしたのも事実だろう。

うるさい古参議員のいる選挙区には、自派の新人を押し込んだ。

任期以前に自分の支持率の高い時期や、野党の協調が乱れている時期を狙いすまして解散を繰り返すことで、おのずと当選回数が増える。これで気に入った議員を、閣僚に引っ張り上げやすくした。

そうやって地歩を固めたのが安藤だった。

西山が続けた。

「中林総理が、経済再生よりも現状はコロナ対策に比重をおいているので、財界は少しむくれています」

西山が声を潜めながら言っている。少し目が泳いでいるのを、美香は見逃さなかった。

裏がある。

「厳密にいったら、新興の大企業がむくれているんでしょう」

ズバリ突いてやる。

安藤、奈良の二代つづいた政権は、旧財閥系の老舗《しにせ》企業や鉄道系の巨大企業群などよりも、二〇〇〇年代に出現したイノベーターが、事業を拡大しやすいような政策を立てている。

いずれも経営者が、まだ創業者のため、一存で物事が決められるからだ。安藤、奈良の体質とマッチしていた。

「まぁ、そういうことだ。そこら辺からの献金が減っている。彼らはドライだからね。メリットのある方にすぐ転ぶ。解散は、もう少し感染が落ち着くまで待てないものですかのう」

西山だけではなく、現主流派の本音であろう。

感染拡大が収まらない限り、一連の『ゴー・トゥ施策』など景気刺激策がとりにくい。

それが出来るタイミングまで待ちたいということだ。

簡単にいえば、派閥の勢力をこれ以上、減らしたくない。

先の選挙で勝ち得た民自党の議席は二百二。これに西山が三人の無所属を抱き込み二百五とした。光生党の二十九と合わせて二百三十四。過半数をわずかに超えているに過ぎない。

各派閥の議員数も大幅に減っている。

安藤派　六二
奈良派　四七
今泉派　四四（現在は相場が、会長代行をしている）
西山派　二九
神林派　一五
石坂派　五
無派閥　三

単独で半数越えをしていた頃から安藤派は二十議席も落としていた。

粗製乱造議員が多かったからだ。

奈良派も八名落としている。

そのため第二派閥と第三派閥の差はほとんどなくなっていた。

安藤一強とされた時代は去り、派閥均衡なくして前には進めなくなっているのが民自党の現状だ。

――次の選挙は乱世になる。

美香はそう読んでいる。

つまり、派閥の足の引っ張り合いが始まるということだ。

同一選挙区に二派閥が候補を送り込む事態も増えるだろう。目の前にいる西山は、主流派ではあるが、古くから安藤に近いわけではない。

安藤派が凋落《ちょうらく》するとみると、すぐに手のひらを反《かえ》すだろう。

安藤や奈良も必死だ。我が世の春を謳歌《おうか》し、政界に君臨していた時期に、多くの恨みも買っている。

ここで権力の座から滑り落ちたら、どんな仕打ちを受けるかわからない。とくに官僚は虎視眈々《こしたんたん》と狙っているはずだ。

検察と警察は、特にその傾向が強い。安藤時代に何度か、逮捕寸前の事案にストップをかけられたり、検事総長の人事に圧力がかかったりしたためだ。

安藤も奈良も起死回生の仕掛けを企《たくら》んでいるはずだ。

各派の戦略が整う前に、美香としては選挙に持ち込みたい。現時点で自分は、安藤派の一員だが、本当の意味での一国のリーダーになるには、津川のアドバイス通り、自分の派閥を持たねばならない。

「幹事長、正直に言います。私は、私自身の艦褸《ぼろ》が出る前に解散した方が得策だと思っています。それには今しかありません」

きっぱり言った。

背筋に冷たい汗がながれ、心臓の鼓動が高鳴った。

これまで、何ごとも安藤、奈良、西山が望む方針に沿って発言し、行動してきたが、今、初めて刃向かったのだ。

解散権は総理の専権事項である。それを握っているのは、誰であろう美香しかいないのだ。

西山は最初、驚愕《きょうがく》の声をあげたが、それから、じっと美香の目を覗《のぞ》き込んできた。冷徹で非情な目の光である。

これまで、いくつもの修羅場をくぐってきたのだろう。小娘になど舐《な》められてたまるか、といった目つきだ。

「艦褸を出すとは？」

これまでとは違う低く唸《うな》るような声だ。

恫喝《どうかつ》の声にも聞こえる。

「野党からの代表質問、それに党首討論などが始まれば、おそらく私は、やり込められます。特に各党は女性の論客を揃《そろ》えてくるでしょう。自分で言うのもなんですが、私は所詮、二回生議員です。質問に回る側ならば、記者時代の習性である程度、立派な質問が出来ます。ですが、なんとか私に墓穴を掘らせよう、叩《たた》けるような言《げん》質《ち》を取ろうと狙い打ちしてくる攻撃には、きっとやられます」

「そんなことは想定内じゃよ」

西山が薄ら笑いを浮かべた。

「幹事長、いまは圧倒的多数を保持していた安藤・奈良時代とは違いますよ。強引に乗り切ることは出来ません。私が何か誤った発言をしたり、閣僚に失言があっただけで、内閣不信任案を提出してくるでしょう」

美香は目に涙を浮かべ訴えた。

「否認できる」

西山が声を震わせた。狼狽《ろうばい》が見て取れた。

「わが党から、たった三人、裏切り者が出ただけで、不信任案は可決されます」

それが現在の議席数だ。

そうなれば内閣総辞職だ。どの道、解散に打って出ないわけにはいかない。

「……女性議員がな……」

西山が唸った。

党内で、初の女性総理に二回生議員がついたことを面白くなく思っている女性議員が多く存在するのだ。どうせ解散するのであれば、堂々と裏切りの票を投じてくるかもしれない。

実際あり得るだろう。

「幹事長、その前に、私の首を挿《す》げ替えようとしても、裏目に出ますよ」

美香はそこも釘《くぎ》を刺した。

これまで、笑顔で言いなりになっていた操り人形が、いきなり反抗的になったの
だ。面食らったはずだ。

「そんなつもりは毛頭ないが」

西山は否定したが、眼は尖っていた。この老獪《ろうかい》な幹事長が、第二、第三の操り人
形を想定しないわけがない。

「初の女性総理以上のインパクトはないと思います。それは私ではなくてもよかっ
たと思いますが、結果として私がなってしまいました。これは、運だと思います。

幹事長も、この運を利用した方がいいと思います」

畳みかけるように言った。

西山は沈黙した。

五秒、十秒と、続く。

ひたすら睨《にら》みつけてくる。威圧的な眼力だ。美香は、ここが人生最大の関門だと、

耐えた。

クリトリスがむくむくと腫れ上がってくる。脚を組み直した。無意識だった。西山の視線が、すっと股間に注がれた。突然、瞬《まばた》きを繰り返した。美香はもう一度脚を組み直した。今度は意図的だった。ゆっくり大きく脚を回す。

ごくりと生唾を呑《の》む音が聞こえた。視線は股間に注がれたままだ。

男はそんなにここが見たいものか？

見えそうな位置で、少し止める。一秒、二秒。元に戻した。

「……総理、解散をいつ宣言しますか？」

西山が声を振り絞った。

「出来るだけ早く。明日にでも……こういうのは抜き打ちがいいです。どの道、今夜、幹事長がこうして公邸に入り、ながながと会談しているのは、番記者が張っています。言わずとも憶測記事が出るでしょう」

この非公式スケジュールをリークしてあるのは日東テレビだけだ。

「バレていますかな？　官邸の裏口からこっそりやってきたのに」

西山が頭を掻《か》く。

「色恋だとは思わないでしょう。でも女ひとりの家に、おじさまがひとりできているわけですからね」

美香は肩を竦《すく》めて見せた。

「いやいや、これは……」

西山の顔が真っ赤になった。

「解散、いいですね」

「承知しました。明日一日待ってください。明日一日です」

西山が猶予を求めてきた。

この策士のことだ、一日あれば、美香に対して、スキャンダルメイクをすることも容易だ。

はたまた、自派にだけ有利な動きをするのかも知れない。

「わかりました。幹事長がそうおっしゃるなら」

美香はあえて飲むことにした。

こちらも、西山を油断させたい。

西山は、愛想笑いを浮かべながら、立ち上がった。

美香はすぐに日東テレビの津川に電話を入れた。

「明日、発表するわよ」

「わかった。日東新聞に書かせる。朝刊に『総理、解散を決意』の見出しで出すがいいな」

「はい、よろしく。予定通りぶら下がりで聞いてね」

「そのつもりだ。大芝居を打てよ」

それで電話を切った。

たぶん、一時間で、永田町は騒然となる。案の定、美香のスマホが鳴り出した。

安藤、奈良、相場、塩見、次々に掛かってくる。

すべて、無視した。

公邸警備部に『寝るので誰も取り次がないように』と連絡した。

朝までオナニーだ。

2

「総理、解散の件、本当ですか」

午前九時、いつもの黒のスカートスーツでＳＰの真木と秘書の矢崎を伴い、官邸に入ると同時に、報道陣から声がかかった。

美香は顔の前で手を振って、足早にエレベーターにむかった。

官房長官の相場が飛んでくる。

「総理、昨夜からさんざん電話していたのですが」

「ごめんなさい。マスコミがうるさくて、早々に寝たの」

「日東新聞には抗議しました。憶測で書くなと。それにしても、何でこれほど堂々と書くんだか。当面、裏懇親から、日東は外します」

相場が語気を強めた。

裏懇親とは、官房長官が会見やぶら下がりの後に、コントロールが利く馴染《なじ》みの記者とだけ、オフレコの会談をすることだ。

密《ひそ》かにホテルのバーなどで、酒を飲みながら懇親する。ここで本音を伝え、今後の報道で協力を依頼するのだ。記者は五名ほどに絞られる。

時に総理もこの場に顔を出すこともある。

党内や政界全体の空気を知るために、あえて憶測の記事を書かせることもある。観測気球とかリトマス試験紙と呼ばれる記事だ。

その反応を見て、官邸は次の手を打つ。

「まぁいいじゃないですか。どのみち、解散に打って出るんですから。遅かれ早かれですよ。そろそろ、閣議に行きましょう」

美香はそそくさと秘書たちに目配《めくば》せした。

「総理、これはいったいどういうことで」

西山が血相を変えて飛んできた。飛んでくるとは思っていた。

「私は、西山さんが言っちゃったのかと思いました。ですから、電話に出ませんでした」

　しゃらんと言ってのける。

「そんなバカな！」

　西山が持っていた日東新聞で応接ソファの背もたれを叩いた。

「西山さん、それどういうことですか！」

　相場も怒鳴り声をあげた。

「ここで揉《も》めてもしようがないでしょう」

　捨てゼリフをはいて、美香は歩き出した。

　マリリン・モンローのように、腰を振って歩いた。

　閣議応接室に向かう通路を進むと、記者たちが追い縋《すが》って来た。本来は取材禁止エリアだが、日東テレビの津川が突っ込んできたのだ。

「昨日、西山幹事長と決めたのですか？」

「これから、解散を閣議決定ですか」

　矢継ぎ早に質問が飛んでくる。

「公示は来週でしょうか」

　津川が言った。右足を踏み出してくる。

「あっ」

美香は前のめりになり、鮮やかに転んだ。スカートが捲《めく》れてパンツが丸見えになった。白のナイロンパンティ。ナチュラルカラーのパンストをつけていた。

シャッター音が鳴り響いた。

美香はすぐに立ちあがった。

「お見苦しい所を見せてしまいました。これは解散ですね」

冗談とも本気ともつかない言い方をして、すたすたと進んだ。

閣議応接室で、記念撮影をして、閣議室に入った。

「総理として、解散権を行使したいと思います。私は、今泉前総理の後を受けて就任しましたが、まだ国民の信を受けていません。今泉前総理も、自身の信を問うと考えていましたが、実行に移す前に、急逝《きゅうせい》してしまいました。私は、ここで信を問いたいと思います」

閣僚たちは静まり返った。

「解散は総理の大権です。従うしかありません。しかし総理、勝算はございますか」

官房長官が聞いてきた。

この選挙後に今泉派から相場派に衣替えする意向だ。そのためには相場も何としても勝たねばならない。

「まだ、充分な準備が出来ていない、前回落選組もいます。いましばらく猶予はございませんでしょうか」

総務相の高柳雄介《たかやなぎゆうすけ》が言った。奈良派の中堅だ。奈良派は、もっとも危機感を持っている。安藤派も事情は似ている。

安藤としては、在職中の様々な疑惑を忘れ去られる時期まで、引き延ばしたいはずだ。

だが、その混乱、それが美香の狙いだ。

「選挙に充分な準備はありません。時間が経《た》つほどに、野党の共闘も進みます。立共党と首都党が手を組むと二百議席を上回ってしまうこともあり得ます。直ちに本会議を召集し解散したく思います」

美香は一歩も譲らなかった。

この党は、いま洗浄しなければ、瓦解《がかい》してしまう。

そう思った。

昨日の幹事長のセリフも、今の閣僚たちの意見も同じだ、まだ、調子に乗っていた時の癖が抜けていない。

一強時代が長すぎて、反省という言葉を忘れてしまったようだ。

時が来れば、また元に戻せる、そう思っているのだ。

変えねばならない。かつての民自党のように、さまざまな衝突のある党に変えなければならない。

それがあって、はじめて持続可能な党内政権交代が実現する。

「承知した」

安藤派の重鎮、岩切財務相が声を張り上げた。これで場の空気はまとまった。

午後二時。

衆院本会議場にて議長岩野裕一《いわのゆういち》が解散詔書《しょうしょ》を読みあげた。

3

四月十二日

総選挙の火ぶたが切られた。

「もう一度、私をセンターに立たせてください！」

美香は、第一声を秋葉原《あきはばら》駅前で発した。そよ風号のルーフステージだ。

総選挙といえば、いまや女性アイドルユニットの人気投票としての方が有名だ。

「内閣総理大臣として、この国のセンターで新しい政治をやりたいんです」

声を嗄《か》らして訴えた。

「私、日本をエンターテインメント大国にしたいんです。観光立国としてのインバウンドも大事ですが、この国から世界へ発信することも大事です。アニメだけではなく、出版、音楽、映画のエンターテインメントを世界に送りましょう」

持論を述べた。

だが、選挙の街宣で、政策論はあまり意味を持たない。

党名と候補者の名を刷り込むことだ。

「民自党は過去を清算します。その自浄作用が働く党なんです。だから私が総理になれました。民自党は変わりました」

その後、この地区から立候補している若手議員の手をとって名前を連呼した。

四十代後半から五十代の男たちから拍手がわいた。アイドルオタクたちだ。

その日から美香は日本中を飛び回った。

想定外のことがあった。

首都党から古手川涼子は出馬してこなかったのだ。代わりに、美香同様、全国を応援に回っている。

「私は都知事としての責任があります。経験の浅い女性総理に、たくさん物申していかなければならないのです。どうか、首都党の候補者をお願い致します。民自党に代わる勢力が必要です。いまさら、女性だ、男性だ、ＬＧＢＴだと言っている時代ではありません。全部ありですから」

暗に女性総理で注目を浴びる美香を牽制《けんせい》してきた。

日本初に拘《こだわ》っていた古手川涼子は、その新鮮味が薄れた段階で、国政に復帰するのは、一旦待ったということだ。

賢い。

目立たない喧嘩《けんか》はしないということだ。

だが、首都党の人気は、あまり落ちていない。古手川が都知事として目立った動きをしているからだ。

立共党と赤翔党は、選挙協力が功を奏していた。

「もう一度リベラル政権を試してみてください。十年前の失敗は繰り返しません。皆さん、この十年を振り返ってどう思いますか？　格差が広がっただけじゃないですか」

立共党の党首、枝川はある意味、謙虚な姿勢で訴えてきた。リベラル政権の復活への待望論が、じわじわと浸透している気がした。

選挙戦半ばで、マスコミの世論調査による中間予想が出た。

民自党、過半数奪回は困難。

首都党、微減。半年前の勢いは失っている。

立共党、飛躍。

立共党が、民自党から五十議席前後を奪うというのが大方の味方だった。とすれば、民自党と立共党は数の上で、拮抗《きっこう》する。

どちらも過半数には届かないが、二大政党化することになる。

自分では弱すぎたか？

いやこれが大チャンスになる。

美香は、最後の仕掛けに入った。

古手川の遊説先を探った。

投票日三日前。選挙でもっとも大事なラストスパートの時期だ。

古手川は京都に入ることになっていた。駅前での街宣だ。その後、大阪、名古屋と回り、前日に東京の各地を回る予定になっていた。

日東テレビからの情報なので、確実だ。

美香は選対委員長の塩見に、すべての地区に民自党の街宣車も用意させた。抜き打ちで美香は応援に入るのである。

四月二十一日　午後五時

京都駅前。

「首都党を第一党へ立たせてください！」

古手川涼子が訴えていた。

そこに、民自党のそよ風号が接近していく。

「古手川党首、ご苦労様です。素晴らしいです。御党の健闘を称《たた》えます。首都党頑張れ！」

美香はエールを送った。

これは、選挙戦ですれ違う政党同士の古き良き慣習であった。候補者同士の選挙カーがすれ違う時も、必ず相手を称え、正々堂々と闘っている感を演出するわけだ。

「中林総理、エールありがとうございます。御党の健闘を称えます。民自党頑張れ！」

古手川も判で押したように返してきた。通常ではこれで終わりだ。まだ自分たちの時間ではないので、民自党街宣車は、通過していく。

だが、美香は、駅前を離れつつもマイクで声援を続けた。

「私たち仲いいんです。古手川お姉さま、はやく国政に戻ってきてください！

時々交代しましょうよ。その方が健全ですから。みなさーん、古手川お姉さまの首都党をよろしく」

民自党の総裁が、友党でもない首都党をよろしくと連呼したのだ。

聴衆も古手川を取材していたマスコミも驚いた。

一度では、余裕のエールに見えた。

だが、大阪でも名古屋でも同じことやると、マスコミが連立する気ではないかと騒ぎ立てた。

思う壺《つぼ》だ。

首都党は必死で訂正した。だが、訂正するほど反応は逆に出た。

「一緒にやったらいい。リベラルに取られるぐらいなら、連立したらいい」

保守層からそんな声が出始めた。

首都党の勢いは削《そ》がれ始めた。民自党の補完勢力の様相を呈してきたのだ。

一方、民自党の票も伸びそうになかった。特に安藤派と奈良派の候補者には逆風が吹いたままだった。

混乱する。美香はそうなることを願った。

四月二十四日　午後八時

投票は締め切られ、すぐに開票が始まった。
出口調査の結果が出た。
『民自党、立民党拮抗。首都党失速』
日東テレビが早々に速報を出し、一時間後に国営放送が、これを追認した。
深夜、大勢が判明した。

民自党　一八二
立民党　一六〇
首都党　六四
光生党　二九
赤翔党　一二
威勢の会　一六
無所属　二

定数、四百六十五の配分はこうなった。

民自党各派閥の情勢も大きく変わった。

安藤派　四八
奈良派　二七
今泉派　三〇
西山派　四五
神林派　一八
石坂派　一二
無派閥　二

安藤派と奈良派は激減した。激戦区で、ほとんど立共党に奪われた。

虎視眈々と選挙準備に入っていた西山派は大きく伸ばし、非主流だった神林派と石坂派は微増となった。

民意は安藤と奈良に鉄槌《てっつい》を下したことになる。

いずれにせよ民自党はさらなる惨敗である。

明日にも党内に、美香降ろしの運動が展開されるだろう。光生党は、現状を守り切ったが、足しても二百十一議席ではどうにもならない。

深夜二時。

党本部で、最後に判明した当選者に花をつけ終わった美香は、さりげなく外に出た。ＳＰの真木洋子だけを伴い、公用車に乗った。

日比谷《ひびや》に向かう。

車中から古手川涼子に電話した。

『やってくれたわね。負けたわよ。でもあれってルール違反じゃない』

いきなり古手川に怒鳴られた。

「お詫《わ》びは致します。すぐに会えませんか」

『どういう風の吹き回しよ』

「日比谷のホテルでこっそり」

意味ありげに言った。五秒の沈黙があった。この五秒が、美香には人生で一番長い五秒に感じられた。

『わかった。行く。そっちもひとり？』

「ＳＰだけつれています」

『では私もそうします』

十分後。あらかじめ真木の名前で予約していたスイートルームに入った。

古手川もすぐにきた。

美香はいきなり土下座した。

古手川が面食らっている。

「首都党を私にください！」

見上げると古手川のスカートの中が見えた。緑のショーツだった。美香は勝ったと思った。

「はぁ？」

古手川が明らかに戸惑った声をあげた。

「東京都が困っているオリンピック赤字、国が補塡します。どっちが持っても同じことです、すっきりさせましょう。カジノ誘致は横浜ではなく東京に決定します。知事のお好きな場所に。歌舞伎町のラブホ街、ホストビル、全部壊してカジノにする案。私、乗ります。それと国政に戻られるときには、私のポストを空けます」

一気に喋《しゃべ》った。

古手川がソファに腰を下ろした。大きな尻だ。

「とりあえず、頭上げて、座ってくれない。話がしづらいわ。それと、SPさんにも出てもらいましょう。サシで」

古手川がSPに促している。貫禄《かんろく》はやはり上だと、本能的に美香は感じた。

ただし密約に乗る気があるらしい。

美香は起き上がり、対面する形でソファに座った。

双方のSPが退室する。

古手川がおもむろに切り出してきた。

「断わったら？」

「知事の経歴詐称、煽《あお》ります。米国の大学、首席では出ていないですよね。それと、中国のカジノ運営会社から寄付もらっていますね。これ大きいですよ。上海で書類押収してあります。古手川お姉さま、総理大臣って、たいていのことが出来るんですのよ」

中国のカジノ運営会社の件は、公安の隠し球だった。公安は必ず、政治家の弱みを探り当てている。

オナ友の真木が、その情報をもってきてくれた。

果たして、古手川は蒼《あお》ざめた。

「六十四人差し出せと」

古手川が折れた。

「はい。すぐに民自党への入党手続きを取らせていただけますか」

「しょうがないわね。それって中林派になるのね」

政界の女狸《めだぬき》は察しがよい。

「はい。それで、私の派閥が、第一派閥になります。民自党も単独過半数となります。ねぇお姉さま、政治は数ですよね」

美香は脚を組み直した。ノーパンだった。勝負下着なんてありえない。ここ一番では、いつだってノーパンだ。

「カジノの件、よろしくね」

「でも、上海は困ります。ラスベガス系でお願いします。献金はすぐにお戻しになった方が賢明かと」

美香は、ブレずに言った。

日米同盟はゆるがせにできない。

「完敗ね。私、あなたの軍門に降《くだ》るわ。都はこれから国の味方よ」

それで古手川は立ち上がった。

ディールの成立だった。

翌日、内閣総辞職し、美香はあらたな組閣に入った。

自前の内閣だった。

自由に選んだ。

これで官邸での記念撮影でもセンターで胸を張れそうだ。

皇居での認証式に向かう公用車の中で真木洋子に聞いた。運転手以外ふたりきりだったからだ。秘書や職員は別な車で追っている。

「ねぇ、公安って、私の弱みも握っているのよね」

どうしても聞いておきたかった。

「はい、完璧に抑えられています。私がどうにか消去させますが、どうしてあんなことをしたのでしょうか」

真木が涼し気に言っている。

「な、なによ」

「参議院会館の自室で、やりましたね。しかも窓際で」

真木が人差し指を一本立てて、股間をなでた。

「ええええええ」

「写真、撮られています。何とかします」

「お願い。辞任してもいいから、それは天下に晒《さら》さないで」

「そんなことはさせません。で、わたしからもお願いがあります。しばらく沖縄に行かせてください」

真木が妙なことを言い出した。

「新川恵里菜、嘉手納《かでな》基地に隠されています。米軍基地には警察権が及びません」

「どういうこと？」

「今泉前総理の死亡の件、公安が隠蔽していますが、安藤さんか、奈良さんのどちらかが絡んでいます。それに公安やＳＰも関わっているようです。諜報《ちょうほう》活動を目的にした売春組織です。わたしに当たらせてくれませんか、もちろん秘密裡《り》に」

安藤か奈良？

どちらにせよ、とんでもない事件だ。

「わかった。特命で動いて」

「はい。昔のスタッフを集めさせていただきます」

「それも承知したわ」

公用車が、お濠《ほり》を渡った。

いよいよ、自分の本格政権が始まろうとしていた。処女でなくなる日は当面やってこなさそうだ。

本書は書下ろしです。

本作品はフィクションであり、実在の個人・団体とはいっさい関係ありません（編集部）

実業之日本社文庫　最新刊

中得一美
嫁の甲斐性
晴れて年季が明け嫁いだが、大工の夫が大怪我。借金返済のため苦労を重ねる吉原の元花魁・すずの数奇な半生を描き出す。新鋭の書き下ろし新感覚時代小説！

な72

新津きよみ
妻の罪状
いちばん怖いのは、家族なんです――遺産相続、空き家、8050問題……家族関係はどんでん返しの連続。名手によるホラーミステリ7編収録のオリジナル短編集！

に52

西村京太郎
十津川警部　出雲伝説と木次線
スサノオの神社を潰せ。さもなくば人質は全員死ぬ！奥出雲の神話の里を走るトロッコ列車がトレインジャックされた。犯人が出した要求は!?（解説／山前　譲）
に125

羽田圭介
5時過ぎランチ
ガソリンスタンドの女性ベテランアルバイト、アレルギー持ちの殺し屋、写真週刊誌の女性編集者……三人が遭遇した限りなく過酷で危険な〈お仕事〉とは？

は121

睦月影郎
淫ら新入社員
女性ばかりの会社『WO』。本当の採用理由を知らされずに入社した亜紀彦は、美女揃いの上司や先輩を相手に、淫らな業務を体験する。彼の役目とは――。

む215

実業之日本社文庫　好評既刊

草凪優
知らない女が僕の部屋で死んでいた
眼が覚めると、知らない女が自宅のベッドで、死んでいた。女は誰なのか？ 記憶を失った男は、女の正体を探る。怒濤の恋愛サスペンス！（解説・東えりか）
く６７

草凪優
アンダーグラウンド・ガールズ
東京・吉原の高級ソープランドが廃業した。人気の嬢たちはデリヘルを始め、軌道に乗るも、悪党共の手により…。女たちは復讐を誓う。超官能サスペンス！

く６８

草凪優
冬華と千夏
近未来日本で、世界最新鋭セックスＡＩアンドロイドがデビュー。人々は快楽に溺れる。仕掛け人は冬華。著者渾身のセクシャルサスペンス！（解説・末國善己）
く６９

葉月奏太
いけない人妻　復讐代行屋・矢島香澄
色っぽい人妻から、復讐代行の依頼が舞い込んだ。彼女は半グレ集団により、特殊詐欺の手伝いをさせられていたのだ。著者渾身のセクシー×サスペンス！

は６７

葉月奏太
人妻合宿免許
独身中年・吉岡大吉は、配属変更で運転免許が必要になり合宿免許へ。色白の未亡人、セクシー美人教官、黒髪の人妻と…。心温まるほっこり官能！

は６８

実業之日本社文庫　好評既刊

葉月奏太
盗撮コネクション　復讐代行屋・矢島香澄

洋品店の中年店主は、借金返済のためとそそのかされ、盗撮を行う。店主の妻は盗撮され、脅される。店主は自殺を決意し……。どんでん返し超官能サスペンス！

は69

葉月奏太
癒しの湯　若女将のおもてなし

雪深い山中で車が動かなくなったとき、助けてくれたのは美しい若女将。男湯に彼女が現れ……。心と身体が蕩ける極上の宿へようこそ。ほっこり官能の傑作！

は610

葉月奏太
寝取られた婚約者　復讐代行屋・矢島香澄

IT企業社長・羽田は罠にはめられ、彼女と会社を奪われる。香澄に依頼するも、暴力団組長ともうひとりの復讐代行屋が立ちはだかる。超官能サスペンス！

は611

花房観音
紫の女《ひと》

「源氏物語」をモチーフに描く、禁断の三角関係。若い部下に妻を寝取られた夫の驚愕の提案とは（「若菜」）。粒ぞろいの七編を収録。（解説・大塚ひかり）

は24

花房観音
好色入道

京都の「闇」を探ろうと、元女子アナウンサーが怪僧・秀建に接近するが、秘密の館で身も心も裸にされてしまい――。痛快エンタメ長編！（解説・中村淳彦）

は25

実業之日本社文庫　好評既刊

花房観音
秘めゆり
「夫と私、どちらが気持ちいい？」――男と女、女と女が秘める恋。万葉集から岡本かの子まで、和歌を題材にとった極上の性愛短編集。（解説・及川眠子）
は2 6

南 英男
警視庁極秘指令
柔肌を狩る連続猟奇殺人の真相を暴け！　初動捜査で解決できない難事件に四人の異端児刑事が集結。極秘捜査班の奮闘を描くハードサスペンス、出動！
み7 17

南 英男
謀殺遊戯　警視庁極秘指令
元エリート官僚とキャバクラ嬢が乗った車が激突して二人は即死。しかし、この事故には不自然な点が。極秘捜査班が調査に乗り出すと――怒濤のサスペンス！
み7 18

南 英男
偽装連鎖　警視庁極秘指令
元ＩＴ社長が巣鴨の路上で殺された事件で、タレントの恋人に預けていた隠し金五億円が消えていたことが判明。社長を殺し、金を奪ったのは一体誰なのか!?
み7 19

南 英男
罠の女　警視庁極秘指令
熱血検事が少女買春の疑いをかけられ停職中に金属バットで撲殺された。極秘捜査班の剣持直樹は、検事を罠にかけた女、自称〈リカ〉の行方を探るが――!?
み7 20

実業之日本社文庫 さ3 15

処女総理《しょじょそうり》

2021年10月15日　初版第1刷発行

著　者　沢里裕二《さわさとゆうじ》

発行者　岩野裕一
発行所　株式会社実業之日本社
〒107-0062　東京都港区南青山5-4-30
CoSTUME NATIONAL Aoyama Complex 2F
電話［編集］03(6809)0473［販売］03(6809)0495
ホームページ　https://www.j-n.co.jp/
DTP　ラッシュ
印刷所　大日本印刷株式会社
製本所　大日本印刷株式会社

フォーマットデザイン　鈴木正道(Suzuki Design)

ISBN978-4-408-55693-2（第二文芸）